Zu diesem Buch

«... Wie kann ein Polizist ein Verbrechen aufklären – ein Verbrechen, das ja ganz zielgerichtet begangen worden ist – und selber nur so ... so, na – mit der Stange im Nebel rumstochern?»

Gute Frage, gestellt von der Mutter des hochverschuldeten Sägewerksbesitzers, der wahrscheinlich Dreck am Stecken hat. Der Stuttgarter Kriminalhauptkommissar Bienzle, nach dem zweiten Mädchenmord in das Dorf Vorderbach gerufen, verhält sich wirklich sonderbar. Er hockt im Dorfgasthof und hört zu, wenn die Leute reden. Er fragt den oder jenen aus, der etwas mit den Morden zu tun haben könnte – oder auch nicht. Er trinkt hier ein Viertele und da ein Bier; ab und zu besucht ihn seine Freundin Hannelore Schmiedinger aus Stuttgart ... Aber was zum Teufel tut der Mann, der – auf Kosten des Steuerzahlers! – in Vorderbach im *Rössle* logiert, eigentlich für die Aufklärung der Morde an Renate Häberlein und Elke Maier?

Bei beiden sprach alles für Sexualverbrechen. In zumindest einem der Fälle trifft dies dann nicht zu, und die Insassen des Rehabilitationsheims für Nichtseßhafte – ach, wie bequem wäre das gewesen! – sind einstweilen aus der Schußlinie ... Auch wenn der Leiter der Anstalt sich recht eigenartig verhält und offenbar – geschäftlich? – liiert ist mit einem Mann, der unter zwei Namen lebt. Und da ist noch ein Bauernknecht, der vorbestraft ist und eigentlich einen ganz anderen Beruf hat, und ein Multimillionär, der es vorzieht, als Tippelbruder zu leben ...

Bienzle tut nichts. Er fragt ein bißchen, er redet ein bißchen, und er hört zu. Als er endlich doch etwas tut, stellt er's falsch an, und sein Adlatus Gächter muß ihn raushauen.

Aber er löst seinen Fall.

Felix Huby, Jahrgang 1938, ist das Pseudonym des langjährigen *Spiegel*-Korrespondenten und jetzigen freien Schriftstellers und Journalisten Eberhard Hungerbühler. Neben Sachbüchern und Abenteuerromanen für Kinder schreibt er Fernsehspiele und ist ein erfolgreicher Autor von Fernsehserien. In der Reihe rororo-thriller liegen folgende Romane vor: Der Atomkrieg in Weihersbronn (Nr. 2411), Tod im Tauerntunnel (Nr. 2422), Ach wie gut, daß niemand weiß ... (Nr. 2446), Sein letzter Wille (Nr. 2499), Schade, daß er tot ist (Nr. 2584), Bienzle und die schöne Lau (Nr. 2705), Bienzles Mann im Untergrund (Nr. 2768), Bienzle und das Narrenspiel (Nr. 2872), Bienzle und der Sündenbock (Nr. 2958), Gute Nacht, Bienzle (Nr. 3066) und Bienzle und der Biedermann (Nr. 3077).

Felix Huby

Bienzle stochert im Nebel

rororo

Rowohlt

rororo thriller
Herausgegeben von Bernd Jost

53.–55. Tausend April 1994

Originalausgabe
Veröffentlicht im Rowohlt Taschenbuch Verlag GmbH,
Reinbek bei Hamburg, Juni 1983

Redaktion K. Schelf
Umschlagentwurf Ulrich Mack
Umschlagtypographie Manfred Waller
Satz Bembo (Linotron 404)
Gesamtherstellung Clausen & Bosse, Leck
Printed in Germany
790-ISBN 3 499 42638 2

Die Hauptpersonen

Renate Häberlein Elke Maier	haben einiges erlebt, aber dann nicht überlebt.
Josef Kowalski	war an ihren Erlebnissen brennend interessiert.
Ursula Neuner	entwickelt ungeahnte Talente.
Jürgen Pressler	spielt den Platzhirsch, muß dann aber ganz kleine Brötchen backen.
Gottlieb Pressler	hat Millionen auf dem Konto und lebt als Tippelbruder.
Frau Pressler	hat's nicht leicht, weiß Gott!
Erich Fortenbacher	heißt in Wirklichkeit ganz anders.
Direktor Gebhardt	sorgt für «Nichtseßhafte» und für sein eigenes Fortkommen.
Franz Kasparczek	hat einmal aus dem Blechnapf gefressen.
Hannelore Schmiedinger	kommt übers Wochenende.
Kommissar Gächter	lehnt, wenn irgend möglich, am Türpfosten.
Hauptkommissar Bienzle	stochert – siehe Titel – im Nebel.

I

Das Sträßchen war schmal und holprig. Kriminalkommissar Gächter fuhr trotzdem mit hoher Geschwindigkeit. Bienzles Zigarillo war ausgegangen. Es hing in seinem rechten Mundwinkel und wippte bei jeder Bodenwelle, über die der Dienstwagen sprang.

«Wir kommen so oder so zu spät», brummte Bienzle.

Gächter antwortete nicht. Er schaltete verbissen herunter, um die nächste Kurve im dritten Gang anzusteuern.

Bienzle seufzte. «Bei so was kommt mer immer z' spät!»

Die Waldränder links und rechts der Straße wirkten im Morgendämmerlicht wie Scherenschnitte. Die Uhr am Armaturenbrett zeigte sechs Uhr dreißig.

«Wenn wir den Fall gleich von Anfang an ...» Gächter vollendete seinen Satz nicht.

«Ach was», sagte Bienzle; «grundsätzlich sollte immer erst mal die örtliche Polizei probieren, wie weit sie kommt. Was meinst du, wie lang das wieder dauert, bis wir uns da reingeschafft haben? Das ist doch ein ganz neues Milieu für uns. Wir müssen dreißig, vierzig Leut vernehmen, die uns völlig fremd sind. Bis man da bloß dahinter kommt, was g'loge ist, und was d' Wahrheit.»

Gächter sah kurz zu seinem Vorgesetzten hinüber. «Du redest ja schon so viel am frühen Morgen.»

Bienzle wollte sich von seinem Thema nicht abbringen lassen. «Der Mann am Ort ist da immer besser dran, so wie wir besser dran sind als jeder Richter.»

«Hä?»

«Aber sicher. Wenn wir zu den Leuten kommen, ist meistens alles noch ziemlich frisch, net wahr. Strategien haben die noch nicht, oder doch ziemlich unzulängliche. Sie sind in ihrer persönlichen Umgebung. Man kann allein durchs Hinschauen schon eine Menge erfahren. Und durchs Zuhören. Und der Richter? Wenn die

Leute vor dem stehen, ist das nicht nur in einer fremden Umgebung, sie haben dann auch schon so oft ausgesagt, alles noch mal und noch mal wiederholt, die Ecken und Kanten sind abg'schliffe, net wahr. Die gebet Statements ab, blutleere Statements, weiter nix.»

Gächter sagte: «Aber trotzdem. Wir wären bestimmt viel weiter, wenn wir von Anfang an eingeschaltet worden wären.»

«Dort vorne muß es sein.» Bienzle deutete mit dem Zeigefinger.

Gächter schaltete herunter und verlangsamte die Fahrt. Der Spezialwagen für die Tatortaufnahme verstellte den Blick. Er stand quer vor einem schmalen, fast zugewucherten Waldweg. Bienzle mußte über den Graben springen und sich durchs dichte Unterholz schlagen. Und noch einmal war der Blick verstellt – durch uniformierte Beamte, die Tatortspezialisten in Zivil und ein paar Neugierige, die zwischen den halbhohen Bäumen standen.

Bienzle trug gelbe Gummistiefel, in die er seine Cordhosen unordentlich hineingestopft hatte, darüber einen Parka. Er hatte sich nicht die Zeit genommen, sich zu rasieren und zu kämmen. Gächter blieb einen Moment stehen und sah dem Hauptkommissar nach. Offensichtlich hatte der die Zweizentnergrenze wieder einmal überschritten, aber er bewegte sich keineswegs wie ein übergewichtiger Mann.

«Morgen», sagte Bienzle laut.

Die Gesichter der Beamten wandten sich ihm zu.

«Bienzle, Landeskriminalamt.»

«Ich kenn Sie», sagte ein kleiner, etwa dreißigjähriger Mann, der jetzt auf Bienzle zukam. «Vom Lehrgang in Murrhardt.»

Bienzle erinnerte sich nicht. Alles, was ihm zu Murrhardt einfiel, war der hervorragende Rehbraten, den er seinerzeit im Hotel *Sonne-Post* gegessen hatte.

«Sparczek», stellte sich der Kleine vor.

«Au koi schwäbischer Name», brummte Bienzle.

«Dort drüben», sagte Sparczek.

Bienzle hatte sich bereits orientiert. Das Mädchen war in ein Feld mit jungen Tännchen gedrückt worden. Jetzt lag es da wie aufgebahrt, umgeben von jungem Grün. Das bunte Sommerkleid war bis unter die Achseln hinaufgeschoben. Es verdeckte fast das Gesicht. Ein junger Beamter ging neben der Leiche in die Hocke und schob das Kleid ein bißchen herunter, damit Bienzle die Würgemale am Hals sehen konnte.

«Genau wie beim Fall Häberlein», sagte Sparczek.

Bienzle nickte. Er wollte eigentlich wegschauen, aber sein Blick hatte sich festgesogen. Wie alt mochte die Tote sein? Achtzehn? Zwanzig vielleicht? Sie hatte schön geformte Brüste.

«Wir haben auch ihr Fahrrad gefunden», sagte Sparczek.

«Weiß man schon ungefähr, wann ...?» fragte Bienzle.

«Sie hat gegen vierundzwanzig Uhr das *Rössle* verlassen – allein.»

«Betrunken?»

«Sagen wir mal – nicht ganz nüchtern. Ich hab ihr noch angeboten, sie zu begleiten.»

«Heißt das, Sie waren ...»

«Ja, ich war im *Rössle*. Seit Renate Häberlein ermordet worden ist, bin ich fast jeden Abend dort gewesen.»

«Warum?»

«Die Renate war auch im *Rössle*, an dem Abend, als sie ...»

«Und trotzdem haben Sie das Mädchen allein fahren lassen?» fragte Gächter jetzt scharf.

«Ich kann nicht jeder Frau unter dreißig Polizeischutz geben.»

«Da hat er recht», sagte Bienzle, und dann, wieder zu Sparczek gewandt: «Kann man em *Rössle* auch wohne?»

«Mhm, Sie könnten aber auch bei mir ...»

«Danke, aber ich denk, es ist besser im *Rössle*. Ich selber hab nicht gern Logiergäste und – ehrlich g'sagt, ich bin auch net gern Logiergast. Das ist mir zu anstrengend.»

Bienzle stapfte auf den Waldweg zurück. Bei einer Gruppe Neugieriger blieb er stehen. Nacheinander musterte er die Gesichter. Die meisten starrten verschlossen zurück, einigen war die Angst und das Grauen und die Lust an beidem anzusehen. Aber ein paar hatten auch einen zufriedenen, fast triumphierenden Gesichtsausdruck. Bienzle ging auf eine Frau um die Fünfzig zu.

«Haben Sie das Mädchen gekannt?»

«Ja, freilich!»

«Und?»

«Was und?»

«Was war's für eine?»

«Es hat so komme müsse! Des hat mr g'wußt, daß es mit der amal a bös Ende nimmt.»

«Warum?»

«Des werdet Sie no bald g'nug erfahre.»

Bienzle sah die Frau unverwandt an. Sie hatte nur eine Kittelschürze an. Offensichtlich war sie in großer Hast losgerannt, als sie von dem Mord gehört hatte. Nicht einmal einen BH hatte sie druntergezogen. Wahrscheinlich trug sie unter der Kittelschürze nur ihr Nachthemd. Jetzt wurde sie unruhig unter Bienzles starrem Blick. Sie zerrte an ihrer Kittelschürze.

«S war halt au so a Menschle», stieß sie hervor.

«Schnell fertig mit der Jugend ist das Wort», sagte Bienzle, nicht ganz nach Schiller. «Wie heißet Sie?»

«Wer, ich?»

«Sie hab ich g'fragt!»

«Eisele, Anna Eisele – ond mir send anständige Leut!»

«Des hättet Se gar net so betone brauche», knurrte Bienzle und stapfte weiter.

Gächter stand noch bei Sparczek und nahm die bisherigen Ermittlungsergebnisse auf. Bienzle griff nach einem morschen Ast und zerbröselte ihn zwischen den Fingern.

2

Vorderbach war ein Ort mit nicht mehr als vierzig Häusern. Es lag auf einer kleinen Anhöhe im Schwäbischen Wald zwischen Murrhardt und Mainhardt, umgeben von dichten Tannenbeständen. Im Osten fiel die Hochebene steil ab in ein Tal, durch das sich ein schmales Flüßchen schlängelte.

Eine Gegend um Urlaub zu machen, dachte Bienzle, wenn man mal ganz ohne Hast und Trubel sein will – hier mit Hannelore lange Wanderungen unternehmen, abends in einer kleinen Dorfwirtschaft sitzen, die müden Beine weit von sich gestreckt, einen Most oder einen Wein aus dem nahen Remstal vor sich ...

«Schon offen», hörte er Gächter sagen, der die Tür zum Gasthof *Rössle* aufdrückte.

Sie gingen hinein. Eine knarrende, ausgetretene Tannenholztreppe führte hinauf in den ersten Stock zur Gaststube. Es roch nach Kaffee und gebratenem Speck. Der Raum war niedrig, holzgetäfelt und mit handfesten Stühlen, Tischen und Bänken möbliert. An der Wand hingen ein paar Bilder von regional bekannten Schauspielern, Dichtern und Fußballern und mindestens vierzig Gastwimpel von Kegelclubs.

«Wir bedienen morgens nur unsere Pensionsgäste», sagte eine Frau von der Theke her. Sie trug ihr graues Haar unordentlich hochgesteckt und hatte vor ihr schwarzes Kleid eine blütenweiße Schürze gebunden.

«Jetzt machet Se halt a Ausnahme», sagte Bienzle, «wir sind heut morge schon um fünf aus de Federn g'holt worden.»

«Also, was soll's sei?»

Bienzle bestellte Eier mit Speck und eine große Portion Kaffee. Gächter verlangte Tee und ein Butterbrötchen.

Außer ihnen saßen nur noch drei Leute im Gastraum: Ein Mann Anfang Vierzig mit weißblonden Haaren, einem roten, aufgedunsenen Gesicht und einem kräftigen Bauchansatz, über dem sich das modische Jackett nicht mehr schließen ließ; und ein junges Ehepaar im Partnerlook – rote Kniestrümpfe, grüne Kniebundhosen aus Cord und rotweiß karierte Hemden.

Die Wirtin brachte das Frühstück.

«Schrecklich, das mit dem Mädchen», sagte Bienzle.

«'s war mei Nichte», sagte die Frau.

Jetzt sah Bienzle, daß sie nicht nur ein schwarzes Kleid, sondern auch schwarze Strümpfe und Schuhe trug. Er zog eine Karte aus der Tasche und legte sie auf den Tisch. «Wir kommen von der Polizei aus Stuttgart.»

«Ja, braucht's denn das?»

Gächter lachte unfreundlich, sagte aber nichts.

«Das wird sich zeigen», sagte Bienzle steif.

Die Frau wischte ihre Hände an der weißen Schürze ab. Die Hände hinterließen Flecken.

«Ihr habt nicht gern Fremde hier?» fragte Bienzle.

Sie lächelte: «Zahlende schon!»

«Da fällt mir ein – kann ich ein Zimmer haben bei Ihnen?»

«Ich auch», sagte Gächter.

«Ach, das wird vielleicht net nötig sein.»

Gächter sah Bienzle überrascht an.

«Wenn ich dich brauch, kann ich dich ja anrufen», sagte Bienzle.

Der Mann mit dem roten Gesicht rief: «Machen Sie mir dann die Rechnung, Frau Maier.»

Die Wirtin nickte in seine Richtung und verschwand in der Küche.

«Das wird ja nicht schwierig für Sie werden», sagte der Mann zu Bienzle und Gächter.

«Ach ja?» Gächter fixierte den Mann. «Wieso?»

«Ist doch klar – das war einer vom Eichenhof.»

«Vielleicht brauchst du das Zimmer ja gar nicht», sagte Gächter zu Bienzle.

«Was ist mit dem Eichenhof?» Bienzle schob den Teller von sich.

«Rehabilitationszentrum für Nichtseßhafte.»

«Aha. Und weiter?»

«Nichts weiter. Tippelbrüder, Alkoholiker, Penner – lauter Asoziale. Da finden Sie den ganzen Abschaum!»

«Was sind Sie von Beruf?» fragte Bienzle.

«Handelsvertreter. Tabakwaren.»

«Und Sie meinen wirklich ...?»

«Aber das ist doch klar! Die Typen saufen sich jeden Abend einen an. Meistens holen sie hier das Bier in Flaschen und setzen sich irgendwo an den Waldrand – und dann geht's gluck-gluck, bis sie duhn sind. Frauen haben sie keine da draußen auf dem Hof ... Na ja, die können's ja auch nicht durch die Rippen schwitzen, oder?»

«Und Sie?» fragte Gächter.

«Was soll'n das? Muß ich mich anpflaumen lassen, weil ich Ihnen ein paar Informationen gebe?»

Gächter blieb gelassen. «Ich wollte fragen, wo Sie gestern zwischen Mitternacht und zwei Uhr früh waren?»

«Heißt das, daß Sie ein Alibi von mir verlangen?»

«Wir fragen jeden.»

«Also gut; ich bin um halb eins ins Bett!»

«Zeugen?»
«Die Wirtin und die letzten Gäste.»
«Die haben Sie weggehen sehen?»
«Ja, klar!»
«Und dann sind Sie ins Bett?»
«Sag ich doch.»
«Hat das jemand gesehen?»
«Na, hören Sie mal!»
«Könnt doch sein», sagte Gächter grinsend, «oder schlafen Sie immer allein?»
«Ich bin verheiratet – glücklich!»
«Als ob das schon mal ein Hinderungsgrund gewesen wäre.»
«Für mich ist's einer.»
Die Wirtin kam mit der Rechnung. Zu Gächter sagte sie im Vorübergehen: «'s wär mir lieber, Sie ließet meine gute Gäst in Ruh.»
«Ah, Sie kommet öfters?» fragte Bienzle den Vertreter.
«Immer wenn ich in der Gegend bin.»
«Vor vier Wochen ...?»
«Ja, ich war da, als das mit dem anderen Mädchen passiert ist, wenn Sie das meinen.»
«Das mein ich, ja.»
«Und weiter?»
«Nix. Wir sollten aber für alle Fälle Ihre Personalien notieren.»
Der Vertreter bezahlte und kam dann an den Tisch der beiden Kommissare. Er warf wortlos und wütend seinen Personalausweis auf den Tisch.
Erich Fortenbacher, notierte Gächter, *selbständiger Handelsvertreter, wohnhaft in Stuttgart 50, Gemsberger Straße 17.* Mit einem unfreundlichen «Danke», reichte er den Ausweis zurück.
Der Handelsvertreter ging zur Tür.
«Bis zum nächstenmal», sagte Frau Maier, die Wirtin.
«Das werd ich mir noch zweimal überlegen.» Fortenbacher knallte die Tür zu.
Im gleichen Augenblick stand der junge Mann in Wanderkleidung auf und kam an den Tisch von Bienzle und Gächter.
«Ich weiß ja nicht, ob's wichtig ist», sagte er schüchtern, «aber

ich hab gestern abend auch noch hier gesessen. Meine Frau ist schon kurz nach zehn ins Bett.»

«Aha», machte Gächter wenig interessiert.

«Tja, ich hab noch 'ne Runde Skat mitgespielt und ...» Er lächelte: «... hoch gewonnen. Skat, müssen Sie wissen, ist eine Wissenschaft ...»

«Für mich ist's noch nicht einmal ein Vergnügen», sagte Bienzle brummig.

«Na ja, ist ja auch nicht so wichtig. Nur ... Wie soll ich sagen ... Der Herr Fortenbacher, also der Herr, der gerade weggegangen ist – also der und das Fräulein ... Die Tote, wissen Sie ...»

«Schade, daß Sie Skat als Wissenschaft betreiben und nicht Sprache – dann würde vielleicht mal ein ganzer deutscher Satz herauskommen», sagte Gächter bissig.

«Ich bin Germanist», sagte der junge Mann. «Dr. Marcus Reichle», er verbeugte sich steif.

Bienzle sagte: «Wenn ich Sie richtig verstehe, vermuten Sie, daß zwischen der Toten und Herrn Fortenbacher ein Verhältnis bestand?»

«Ja.»

«Ein intimes?»

«Könnte durchaus sein.»

Gächter fuhr ihn an: «Und das sagen Sie jetzt erst?»

Bienzle hob beruhigend die Hände. «Das beweist zunächst ja mal gar nichts. Wie kommen Sie denn darauf, Herr Dr. Reichle?»

«Es wurde darüber gesprochen.»

«Na ja, g'schwätzt wird viel.»

«Sie haben sich aber auch so benommen.»

«Aha ... Wie denn?»

«Ach, Sie wissen schon!» Reichle warf einen raschen Blick zu seiner Frau hinüber. «Sie sind sehr dicht ... Und dann, sie haben die Hände immer unterm Tisch ... Und er hat dann auch ... Also –» er gab sich einen Ruck: «Gefummelt haben sie auf Teufel komm raus.»

Plötzlich stand die Wirtin am Tisch. Sie starrte Reichle böse an. «Ihre Rechnung ist fertig, Herr Doktor!»

«Wie? Schon? Ach ja, ach so – ja ich ... Also, Sie nehmen doch auch Eurocheques, nicht wahr?»

«Das ist mir egal. Und wenn Sie dann bitte Ihr Zimmer gleich räumen.»

«Aber ja, sicher, natürlich!» Er verbeugte sich und ging an seinen Tisch zurück.

«Jetzt putzet se alle ihre dreckige Mäuler an ihr ab», sagte die Tante der Toten.

«Wie war sie wirklich?» fragte Bienzle sanft.

«Lebenslustig, fröhlich und hilfsbereit. Ja, s' war ihr nix zuviel – so war se!»

«Hört sich gut an», sagte Bienzle.

Das Ehepaar verließ den Raum. Bienzle überlegte, was es wohl für einen Eindruck machen würde, wenn er jetzt ein Bier bestellte. Er beschloß, keines zu bestellen.

3

Vorderbach hatte nur zwei Straßen, die rechtwinklig aufeinanderstießen: Die Hauptstraße und die Talstraße. Die Häuser standen in ungeordneten, lockeren Reihen.

«Man könnt meinen, um das Nest hätt der Wohlstand einen großen Bogen g'macht», sagte Bienzle zu Gächter, der neben ihm ging.

«Ich bin mir immer noch nicht klar, was du eigentlich willst», sagte Gächter.

«Schnuppern, zuhör'n, das Dorf verstehen.»

«Klingt ein bißchen allgemein.»

«Wahrscheinlich schaffen die meisten aus dem Dorf im Sägewerk.»

«Und diese Elke Maier ...?»

«Die muß für das Nest hier eine Ausnahmeerscheinung gewesen sein – so was wie ein Star.»

«Ob sie Geld genommen hat?»

«Kaum – im übrigen glaub ich sowieso, daß die Männer bei ihr nur den Appetit geholt haben ...»

«... und zu Hause haben sie gegessen?»

«Du sagst es.»

Sie waren bei ihrem Dienstwagen angelangt, der an der Kreuzung stand.

«Also denn ...» sagte Gächter.

«Du könntest noch am Eichenhof vorbeifahren, dir eine Liste der ... Insassen, oder wie sagt man da; halt von denen, die da wohnen, geben lassen und daheim durchchecken, ob ein Verdächtiger dabei ist.»

«Und ich dachte schon, ich könnt 'ne ruhige Kugel schieben.» Gächter stieg ein und fuhr schnell davon. Er warf noch einen Blick in den Rückspiegel. Breitbeinig stand Bienzle auf der Kreuzung, unbeweglich. Die Haare hatte er noch immer nicht gekämmt.

Bienzle löste sich aus seiner Erstarrung und ging die Talstraße hinunter, die sich in zwei großen Kurven zum Flüßchen hinabschwang. Ein großer Leiterwagen mit Mist, gezogen von zwei Ochsen, kam ihm entgegen. Der Bauer hatte ein Brett auf den dampfenden Mist gelegt, um sich so einen Kutschbock zu machen. Er grüßte, indem er den Peitschenstiel zum Mützenrand hob.

Bienzle blieb stehen. Der Bauer machte: «Öööha!» Die Ochsen standen sofort.

«Sie sind der Kriminaler aus Stuagert?»

Bienzle nickte.

«Ja, dann», sagte der Bauer, «bis bald! Hüh!» Die Mistfuhre ruckte an.

Bienzle hätte gerne nachgehakt, aber zugleich wußte er, daß das in diesem Augenblick verfrüht gewesen wäre. Er schritt weiter.

Es war nicht schwer auszumachen, wo der Bauer zu Hause war. Denn im ganzen Dorf gab es überhaupt nur zwei landwirtschaftliche Anwesen. Eines davon lag am unteren Ende der Talstraße. Vor dem Stall türmte sich ein großer Misthaufen, auf dem ein Mann stand. Er schichtete die dampfende Masse mit einer Gabel um. Das erste, was Bienzle dachte, als er ihn dort sah, war: Der paßt da nicht hin!

Bienzle sagte freundlich: «Grüß Gott.»

Der Mann antwortete mit «Guten Tag». Er stieg von dem Misthaufen herunter – ein hochgewachsener, schlanker Kerl, etwa dreißig Jahre alt, mit einer hohen Stirn und lichtem blondem Haar. Die dunklen Augen schauten Bienzle durch eine Brille mit kreisrunden

Gläsern ernst an. Er trug eine Latzhose, die früher vielleicht einmal weiß gewesen war.

«Sie sind nicht von hier?» sagte Bienzle; es war mehr eine Feststellung als eine Frage.

«Nein.»

Bienzle wartete, aber der andere schwieg. «Ich untersuche den Mord an Elke Maier ...» Der Satz kam ihm selber gestelzt vor.

«Ja.»

«Nach und nach werde ich mit jedem im Dorf sprechen müssen. Waren Sie gestern abend im *Rössle*?»

«Nein, ich geh da nicht hin.» Es klang, als wollte er sagen, ich bin gewohnt, in anderen Kreisen zu verkehren.

Bienzle lächelte: «Mir gefällt's.»

Der Mann stieß die Gabel mit geübtem Schwung in den Misthaufen, ging zu einem kleinen Anbau und kam mit einer Sense wieder. «Ich geh Grünfutter schneiden», sagte er und öffnete ein kleines Tor im Zaun hinter der Scheune.

Ein schmaler Weg führte zu einer steil zum Tal abfallenden Wiese. Bienzle folgte ihm zögernd. «Ich hab vorhin den Bauern getroffen.»

«Mhm.»

«Viel hat er nicht gesagt, aber ich hatte den Eindruck, als ob er erwartete, daß ich früher oder später ...» Weiter kam er nicht.

«Sicher, sicher», sagte der Mann, «früher oder später ... Ich hab nämlich schon mal so was gemacht.»

Bienzle blieb abrupt stehen.

«Es ist zehn Jahre her und – wie sagt man – verbüßt. Mord im Affekt haben die einen gesagt. Lustmord die anderen.» Er sprach völlig teilnahmslos. «Ich stehe in den Akten, das heißt, ich bin im Computer. Es wäre tatsächlich nur eine Frage der Zeit gewesen, bis Sie auf mich gekommen wären.»

Bienzle sagte bedächtig: «Ich hab einmal in einem Verhör einen Verdächtigen geschlagen – einmal, aber dann nie wieder.»

Der Mann begann mit Schwung Gras zu mähen.

«Worauf hat denn der Richter erkannt?» fragte Bienzle.

«Mord im Affekt – aber für die Leute ...»

«Wissen die 's denn? Ich meine, die Leute hier?»

«Ich war auf dem Eichenhof. Mich rehabilitieren.» Er machte eine wegwerfende Handbewegung. «Und da es der Heimdirektor wußte, haben es auch alle anderen erfahren.»

«Sie sind dort nicht geblieben?»

«Auf dem Eichenhof bleibt man nicht.»

«Aber in Vorderbach?»

«Ja, wenn man Glück hat und auf einen Menschen trifft.»

Wie der Mann hieß, erfuhr Bienzle abends im *Rössle*, wo er sich einen kleinen Tisch neben der Theke ausgesucht hatte. Die Stammgäste beobachteten den Stuttgarter Kommissar mit unverhüllter Neugierde.

«Der Sparczek», sagte ein junger Mann viel zu laut und in Bienzles Richtung, «der Sparczek ist ja zu blöd, um eine gebührenpflichtige Verwarnung auszustellen.»

«Scho bei der Häberlein hätt mr da hinlange müsse, wo's heiß ischt», trompetete ein anderer.

Und dann war es so weit: «Der Kasparczek Franz – klingt doch genau wie Sparczek – oder? Kei Wunder, daß der den in Schutz nimmt. Der Kasparczek hat doch hinter Hannover scho mal oine vergewaltigt – ond abg'stoche!» Und dann: «Das ist doch sowieso ein Außenseiter.»

«A Luschtmörder ischt ja au was bsonders», rief ein anderer; «für den send mir koi Umgang!»

«Der Stuttgarter Kriminaler wird sich den schon greifen – der hat doch ein ganz anderes Gespür für so was!» Das war ein braungebrannter, vielleicht vierzigjähriger Mann, der offenbar das große Wort führte. Er trug eine modische Frisur und ein elegantes Tennishemd, dazu eine helle Leinenhose und leichte Stoffschuhe.

Bienzle winkte der Wirtin. Sie rutschte zu ihm auf die Bank.

«I bin scheint's so was wie a Attraktion in Ihrem Lokal», sagte er.

«Aber dafür gibt's keine Prozente!»

«Aber eine Auskunft: Wer ist denn der Platzhirsch da drüben?»

«Der? Der Jürgen? Das ist der Jürgen Pressler, der Juniorchef vom Sägewerk.»

«Ich laß mei Frau nicht mehr nachts auf d' Straß», sagte am Stammtisch einer laut.

Ein anderer rief: «Das kommt dir grad recht, was? Jetzt heißt's, ich geh aus – du bleibst z' Haus!»

Gelächter am Stammtisch.

Die Tür wurde zögernd aufgestoßen. Ein kleiner, stämmiger Mann in einem abgetragenen grünen Anzug kam mit allen Anzeichen der Unterwürfigkeit herein. Bienzle empfand auf Anhieb so etwas wie Mitgefühl mit ihm. Der Mann ging zum Tresen und stellte sich mit gesenktem Kopf hin.

Die Wirtin, die noch immer neben Bienzle saß, sagte: «Eins von meinen Flaschenkindern ...» Sie erhob sich ächzend. Wortlos schob sie vier Bierflaschen über die Theke, die der Mann blitzschnell in seinen Jacken- und Hosentaschen versenkte. Münzen klimperten auf dem blanken Nirostastahl der Theke.

«Danke», sagte der Mann leise.

Im ganzen Lokal war für einen Augenblick Stille.

«Du solltest denen nichts mehr geben, Emma!» rief der Platzhirsch. «Zuerst saufen sie sich einen an, und dann stechen sie unsere Frauen ab.»

Der Mann im grünen Anzug drehte sich langsam um. Seine rechte Hand umklammerte die Bierflasche in der rechten Jackentasche. Er schwankte bereits ein wenig. «Ich war fünfunddreißig Jahre vor Kohle», sagte er leise. Seine linke Hand zitterte. Er preßte sie gegen den Oberkörper.

Bienzle sah jetzt erst, daß diese Hand verkrüppelt war.

«Fünfunddreißig Jahre war ich vor Kohle.»

«Ja, ja – laß jucken, Kumpel», rief Pressler und erntete stolz das dankbare Gelächter seines Publikums.

Bienzle ertappte sich dabei, daß er sich wünschte, Pressler hätte das Mädchen umgebracht.

«Ihr habt ja keine Ahnung», sagte der Mann leise.

«Aber du, was?» schrie der Platzhirsch.

Auf einmal bekam der Mann im grünen Anzug schmale Augen. Er ruckte in den Schultern und drückte das Kreuz durch. «Vorsicht, Pressler!» zischte er. «Ich hab dich gesehen!»

Einen Augenblick war es ganz still. Alle sahen Pressler an, und der war erkennbar bleich geworden.

«Sieh bloß zu, daß du Land gewinnst!» stieß er endlich hervor.

Der Mann im grünen Anzug breitete die Arme aus, die Handflächen nach oben; dann drehte er sich fast tänzerisch auf dem Absatz und ging in Richtung Tür.

Mit einem Satz sprang Pressler auf, und mit ein paar schnellen Schritten war er bei dem Mann. Einen Augenblick lang hatte es so ausgesehen, als ob der Mann im grünen Anzug die Oberhand gehabt hätte, aber jetzt hatte sich das Verhältnis schlagartig wieder umgekehrt. Pressler packte ihn an der Schulter und wirbelte ihn herum.

Bienzle stand auf.

Pressler brüllte: «Was sollen wir uns von euch Asozialen eigentlich noch alles gefallen lassen?» Er holte aus.

Bienzle sagte scharf: «Schluß damit!» Und dann, zu dem Mann im grünen Anzug: «Wo haben Sie Herrn Pressler gesehen?»

«Ein Irrtum», sagte der Mann schnell, «war nur so hingesagt ... Mein Kopf, wissen Sie. Fünfunddreißig Jahre vor Kohle ...»

Bienzle hatte Erfahrung genug. Deshalb sagte er nur: «Irgendwann werden Sie 's mir erzählen.» Und zu Pressler: «Vergreifen Sie sich doch nicht an einem Mann, der sowieso kein Gegner für Sie ist.»

Pressler starrte Bienzle böse an. «Sie wären einer, was?»

Bienzle lächelte. «Einer, an dem sich oiner wie Sie leicht verlupfe könnt.» Er nickte dem Mann im grünen Anzug zu und setzte sich wieder an seinen Platz.

Pressler knurrte: «In dem Staat mußt du schon Penner sein, damit ein Beamter etwas für dich tut.»

Aber diesmal blieb der Beifall seines Publikums aus.

4

Es war schon seit langem zu seiner Gewohnheit geworden, abends Hannelore anzurufen und genau über alles zu berichten, was den Tag über vorgefallen war. Hannelore amüsierte sich ein wenig darüber. «Das sind ja Ehegewohnheiten», sagte sie manchmal, und nur verstohlen gab sie zu, wie sehr ihr der Anruf fehlte, wenn er einmal nicht kam.

«Eigentlich kann 's jeder gewesen sein», sagte Bienzle, «jeder, der im Lokal war, jeder aus dem Eichenhof, der Vertreter genauso, aber auch dieser Kasparczek.»

«Es ist also genau umgekehrt wie sonst», sagte Hannelore.

«Warum?»

«Na ja – wie lang dauert's manchmal, bis ihr auch nur einen einzigen Verdächtigen findet.»

«Ach so ... Ja, da hast du recht.»

Hannelore sagte nichts darauf. Auch ihm fiel im Augenblick nichts ein.

«Na dann», sagte er schließlich.

Hannelore lachte: «Sag mir was Nettes, Bienzle.»

Wenn sie ‹Bienzle› sagte und nicht Ernst, klang das für ihn immer wie eine besonders schöne Vertraulichkeit. «Ich kann nicht auf Bestellung und schon gar nicht am Telefon.»

«Wo bist du eigentlich genau?»

«In Vorderbach – zwölf Kilometer hinter Murrhardt.»

«Das sind bis Stuttgart?»

«Fünfzig Kilometer.»

«Dann könntest du ja in 'ner Stunde hier sein.»

«Ich hab aber kein Auto.»

«Aber ich!» sagte sie und legte auf.

Bienzle schaute auf die Uhr. Es war kurz nach zehn. Er ging in den Gastraum zurück. Die Männer am Stammtisch spielten jetzt Skat. Bienzle bemühte sich um eine seriöse Erklärung dafür, daß jetzt ganz überraschend eine Frau ... Seine Frau ... Also, daß die jetzt noch käme.

Frau Maier zwinkerte und quartierte ihn in ein Doppelzimmer ein.

Bienzle sagte: «Und was ist, wenn sie nun nicht kommt?»

«Das müßten Sie aber wissen», sagte Frau Maier.

«Hm, wer kennt schon die Frauen?»

«Hat sie gesagt, daß sie kommt?»

«Nicht so direkt.»

«Dann kommt sie auch», sagte die Wirtin, und zwar so, daß Widerspruch nicht denkbar war.

Kurz nach elf Uhr war sie da. Sie aß einen aufgewärmten gemischten Braten mit Spätzle und Kartoffelsalat, trank drei Viertel Grumbacher und studierte die Männer im Lokal. Die waren durch das Erscheinen der Frau sichtlich irritiert.

«Wenn man sich vorstellt, daß vielleicht einer von denen ein Mörder ist ...» sagte Hannelore leise.

«Vorsicht, Vorsicht!» flüsterte Bienzle. «Außerdem – ich hab jetzt Feierabend.»

«Bienzle?»

«Ja?»

«Sag mal was Nettes!»

Bienzle gab ihr statt dessen einen Kuß.

5

Sie waren gegen halb zwölf in ihr Zimmer hinaufgegangen. Bienzle saß am offenen Fenster auf einem unbequemen Stuhl. Es war ein lauer Sommerabend. Hannelore lag im Bett und las ein Taschenbuch aus Bienzles Gepäck. Jetzt senkte sie das Buch.

«Was erhoffst du dir eigentlich?»

«Ja, wenn ich das selber wüßt ... Irgendeinen Hinweis halt.»

«Kann ich dich darauf hinweise, daß ich allein im Bett liege.»

«'s ist gleich Mitternacht», sagte Bienzle leise.

Unten wurde die Tür aufgestoßen. Die letzten Gäste traten auf die Straße hinaus und verabschiedeten sich durch Zurufe. Alle, außer Pressler, gingen die Hauptstraße entlang. Der junge Sägewerksbesitzer stieg auf ein Fahrrad und lenkte es Richtung Talstraße.

Im gleichen Augenblick leuchteten Scheinwerfer auf und erfaßten die Figur auf dem Fahrrad. Ein Motor wurde gestartet. Langsam setzten sich die Lichter in Bewegung. Bienzle rannte los, aus dem Zimmer, die Treppe hinunter und gegen die verschlossene Tür.

«Was ist denn?» Frau Maier kam in einem langen, rosafarbenen Nachthemd aus einer Tür.

«Schnell», schrie Bienzle, «die Tür ist zu!»

«Der Schlüssel steckt.»

Erst jetzt nahm der Kommissar den wuchtigen Schlüssel wahr.

Er drehte ihn, indem er ihn mit der ganzen Hand packte. Dann endlich stand er auf der Straße. Eine eigentümliche Stille umfing ihn. Plötzlich kam ihm alles ganz unwirklich vor, und seine Eile erschien ihm unangebracht. Er ging die Talstraße hinunter.

Nach etwa fünfzig Metern fand er Pressler. Zuerst sah er das Fahrrad – ein Gewirr aus Rahmen, Speichen und verbogenen Rädern. Dann Pressler, der hinter dem Graben auf einer sanft ansteigenden Böschung lag.

«Was ist passiert?» rief Bienzle.

Pressler antwortete nicht.

Bienzle sprang über den Graben und beugte sich über den reglosen Körper. Der Mann atmete. Bienzle rannte zum *Rössle* zurück, blieb aber ruckartig stehen, als er ein paar Meter hinter sich gebracht hatte. Ein Fenster war erleuchtet und sah aus, wie ein helles Bild auf der dunklen Hauswand – und was für ein Bild. Hannelore stand in der gelbweißen Fläche – nackt. Und das mitten in einem Dorf, das womöglich einen Lustmörder beherbergte.

«Ernst!» hörte er sie rufen.

«Ja?»

«Es war ein Mercedes mit einer Stuttgarter Nummer. S-HB – weiter hab ich's nicht lesen können.»

«Wir brauchen einen Krankenwagen – schnell, ruf an!»

Sie verschwand vom Fenster, und Bienzle atmete erleichtert aus.

Als er an die Unfallstelle zurückkam, stieß er einen sehr langen und sehr unflätigen Fluch aus.

Pressler war weg.

Zuerst kam Hannelore, die sich rasch wieder angezogen hatte. Fünf Minuten später erschien der Krankenwagen. Die ganze Zeit über hatte sich Bienzle gewundert, daß kein Mensch aus den umliegenden Häusern aufgetaucht war. Das Dorf lag in tiefem Schlaf – oder täuschten die Leute den Schlaf nur vor, wie Pressler seine Ohnmacht?

«Und wer zahlt das?» fragte der Sanitäter, als Bienzle den Sachverhalt erklärt hatte.

«Die Rechnung geht ans Landeskriminalamt.»

«Und Sie glauben, die zahlen das?»

«Nur wer nicht schafft, macht keine Fehler», sagte Bienzle.

«Mit Gemeinplätzen kommen wir da wohl nicht weiter», gab der Sanitäter zurück.

Bienzle sah ihn an: «Gemeinplätze, junger Mann, sind seit Jahrhunderten aufgespeicherte Weisheiten.» Er hakte Hannelore unter und ging mit ihr Richtung *Rössle* davon, während der Sanitäter einstieg und die Beifahrertür mit lautem Knall zuschlug.

«Müßtest du jetzt nicht zu Pressler?» fragte Hannelore.

«Manchmal muß man das tun, was keiner erwartet ... Wir gehen jetzt ins Bett!»

«Bienzle!»

«Ich sag jetzt nix Nettes.»

«Wart doch mal – ich wollte doch nur sagen, daß du deine Arbeit nicht vernachlässigen sollst, bloß weil ...»

«Weil was?»

«Weil ich gern mit dir schlafen möchte.»

Bienzle blieb stehen und nahm sie in die Arme.

«Wie zwei Sechzehnjährige», sagte Hannelore.

Bienzle war nicht nach reden zumute.

6

Das Polizeirevier in der Kreisstadt war eine Idylle. Sparczek hatte Bienzle abgeholt. Hannelore war schon vor zwei Stunden wieder zurückgefahren. Jetzt saßen sie in einem gemütlichen kleinen Zimmer, Tassen mit dampfendem Kaffee vor sich, und Bienzle rauchte eine dicke Zigarre.

«Sparczek – was ist das für ein Name?» fragte er den jungen Kollegen.

«Tschechisch.»

«Ach?»

«Ja, meine Eltern sind 1968 nach dem Aufstand rüber – ich war damals vierzehn.»

«Ist Kasparczek auch ein tschechischer Name?»

«Möglich. Tschechisch, polnisch ... kann einer sein, dessen Familie zu Bismarcks Zeiten ins Ruhrgebiet eingewandert ist – keine Ahnung.»

«Kennen Sie ihn?»

«Sie meinen den Knecht beim Mühlbauern?»

«Na ja ... Knecht?»

«So nennt er sich.»

«Das überrascht mich», sagte Bienzle.

Die Stimmung war freundlich und entspannt. Sparczek schien eher erleichtert als verärgert zu sein über das Auftauchen des Kollegen aus der Landeshauptstadt. Jetzt schob er ein Fernschreiben über den Tisch. «Der Obduktionsbericht.»

«Das ist aber schnell gegangen!» sagte Bienzle erstaunt.

«Ob Elke Maier vergewaltigt worden ist, kann man nicht mit Sicherheit sagen.»

«Was?» Bienzle starrte Sparczek fassungslos an.

«Geschlechtsverkehr, ja. Aber kein Zeichen von Gewaltanwendung – na ja, abgesehen von den Würgemalen. Also muß der Mann nicht der Mörder gewesen sein.»

Bienzle lehnte sich weit in seinem Stuhl zurück und zog heftig an seiner Zigarre. «Unwahrscheinlich.»

«Wahrscheinlich ist, daß sie nicht am Fundort gestorben ist. Erdspuren an ihrem Kleid stimmen nicht mit dem Boden in der Schonung überein.»

«Also ... Möglichkeit eins: Der Mörder ist ein Triebtäter, mit dem sie sich freiwillig eingelassen hat. Möglichkeit zwei: Sie hat sich mit dem einen eingelassen, und ein anderer hat sie ...»

«... dann umgebracht, ja.» Sparczek nickte. «Sagte ich ja gerade.»

«Mhm», machte Bienzle. «Ich seh schon, wir müssen wohl noch mal ganz von vorne anfangen. Beim Mord an der Häberlein ... Ich mag keine Akten lesen; erzählen Sie's mir.»

«Da ist nicht viel zu erzählen», sagte Sparczek. «Die Renate Häberlein war auch im *Rössle*, und sie hat mit den Männern genauso rumgespielt wie die Elke – vulgärer allerdings, wenn Sie wissen, was ich meine.»

Bienzle nickte ein paarmal mit dem schweren, kantigen Schädel.

«Sie ist kurz nach zwölf Uhr gegangen.»

«Wer war sonst noch da?»

«Drei Männer vom Eichenhof, Pressler mit seinen Skatbrüdern

Motzer und Berg, dieser Vertreter aus Stuttgart, und – was eine Seltenheit ist – der Mühlbauer mit Kasparczek, die haben irgendwas zu feiern gehabt, saßen aber an einem Tisch ganz hinten, also weit weg von den anderen.»

«Mit wem ist die Häberlein weg?»

«Allein – mit dem Fahrrad. Sie wohnte in Heilbrück, das ist vier Kilometer weg.»

«Aber Elke Maier hat doch hier gewohnt?»

«Ja, freilich – bei ihrer Tante im *Rössle.*»

«Waren die beiden befreundet, die Elke und die Renate Häberlein?»

«Sogar ziemlich eng.»

Bienzle fuhr mit dem Daumennagel über seine verstrubbelten Augenbrauen. «Da paßt aber au wieder gar nix z'samme.»

«Ich hatte schon gehofft, daß Sie eine Theorie ...»

Bienzle schüttelte den Kopf. «Verbrechen werden in aller Regel von ausgefallenen Menschen begangen, hab ich mal gelesen – also von Menschen, die schwerer zu durchschauen sind als andere ... Aber für mich ist hier keiner zu durchschauen.»

«Ich hätt noch 'ne Frage», sagte Sparczek.

«Ja?»

«Wenn doch die Mordkommission beauftragt ist – warum ... Ich meine, da ist es doch verwunderlich ...»

«... daß ich ganz allein da bin?»

«Ja.»

«Der Kollege Gächter ermittelt mit dem Computer rum, und mein Assistent, der Herr Haußmann, ist in Italien – im Urlaub. Die Kollegen Gollhofer und Maier arbeiten an einem anderen Fall ... So sieht's aus. Aber das muß kein Fehler sein – daß ich allein bin, mein ich. Manchmal fassen die Leute eher Vertrauen, wenn nicht gleich ein ganzes Polizeiaufgebot anrückt.»

Sparczek schien nicht sonderlich überzeugt zu sein.

«Aber die Häberlein *ist* doch vergewaltigt worden, oder?» fragte Bienzle.

«Die vom Tübinger Institut waren sich nicht einig. Es könnte auch so gewesen sein, daß zuvor der Geschlechtsverkehr mit ihrem Einverständnis vollzogen worden ist und danach der Mord ...»

«Womöglich durch eine dritte Person?»

«Das wird nicht ausgeschlossen.»

«Fingerabdrücke?»

«Keine klar identifizierbaren – alles verwischt. Außerdem hatte es geregnet zwischen der Tatzeit und dem Auffinden der Leiche.»

Bienzle stemmte sich aus seinem Sessel hoch. «Oh, Mann, oh, Mann», stöhnte er, «wer die Wahl hat ...» Er ging zur Tür. «Ich geh mal a bißle spaziere.»

Sparczek sah ihm verständnislos nach.

7

Das Polizeirevier lag in Großvorderbach, dem Hauptort, der aus sieben ehemals selbständigen Gemeinden zusammengeschlossenen ‹Verwaltungseinheit›. Nach Vorderbach waren es sieben Kilometer. Der Weg führte immer am Bach entlang.

Bienzle ging langsam. Er zog den Geruch von Heu und Tannen in die Nase. Die schmalen Bachwiesen waren fast alle schon gemäht. Vereinzelt arbeiteten Frauen auf den Wiesen. Sie würden das Heu wohl heute noch trocken einbringen, wenn kein Gewitter kam.

Bienzle nahm sich vor, Sparczek um einen Wagen zu bitten. Am Nachmittag wollte er zum Eichenhof.

Das Sägewerk hörte er, bevor er es sah: Das rhythmische Rattern der Gattersägen und das hohe Singen der Bandsägen; dazwischen die hellen Schläge, die entstehen, wenn Holz auf Holz geworfen wird.

Das Tal verbreiterte sich. Der Bach floß hier dicht am Weg und war mit großblättrigem Huflattich fast zugewachsen. Drüben am anderen Ufer begann ein rechtwinkliger Platz, der mit Kies aufgeschüttet war. Wie hohe Mauern türmten sich dort die Bretterstapel. Es roch nach Harz.

Bienzle ging über eine schmale Brücke und blieb bei einem Mann stehen, der die Bretterstapel mit einem Farbpinsel kennzeichnete.

«Morgen», sagte Bienzle.

«Schon fast Mittag», sagte der Mann.

«Was geschieht mit den Brettern?»

«Die müssen noch a paar Jahr lagern, bis se ab'ghot ond verarbeitet werde könnet.»

«Ach ja? Und dann erst werdet se verkauft?»

«Ach was! Die g'höret scho einer Möbelfabrik.»

«Wo find ich denn euern Chef?»

«Weiß net – ich hab ihn noch nicht g'sehen heut.»

Bienzle nickte dem Mann zu und ging über den Holzplatz davon. Ein breites Gleis führte in eine Holzhalle hinein. Auf dem Gleis kam Bienzle ein Kran entgegen, der einen mächtigen geschälten Tannenstamm transportierte. Der Stamm schwankte in vier Meter Höhe zwischen zwei Stahlhaken. Bienzle trat zur Seite.

«Aufenthalt auf eigene Gefahr», brüllte der Kranfahrer, in dem Bienzle einen von Presslers Skatbrüdern erkannte.

«Pressler?» schrie Bienzle zurück.

Aber der Mann zuckte nur die Achseln.

Hinter dem Sägewerk stieg das Tal wieder an. Dort stand ein Bungalow. «Der paßt in die Gegend wie dr Roßbolla auf d' Autobahn», brummte Bienzle. Er stieg eine Gartentreppe hinauf und klingelte. Eine Frau um die Siebzig öffnete ihm.

«Frau Pressler?» fragte Bienzle.

«Ja?»

«Ich hätt gern Ihren Sohn gesprochen.»

«Er ist nicht da.»

«Wo kann ich ihn dann finden?»

«Wenn ich das wüßte.»

«Ist er denn nicht heimgekommen letzte Nacht?»

«Das weiß ich auch nicht. Ich wohn unten, in der Einliegerwohnung – da hör ich nicht, wann er kommt oder geht.»

«Aber wenn er gekommen wäre, hätten Sie ihn doch irgendwann heute morgen g'sehen?»

Die Frau wurde plötzlich mißtrauisch. «Was geht Sie das an?»

Bienzle überlegte, ob er sich ausweisen sollte, ließ es aber zunächst. «Ich hätt ihn halt gern gesprochen ...»

«Geschäftlich?»

«Eh ... Ja, sozusagen.»

«Um was geht's denn?»

Bienzle war in der Zwickmühle. Wenn er sich jetzt auswies, stand er als Lügner da, und diese Frau sah genau so aus, als ob sie so etwas übelnehmen könnte. «Ach – eigentlich hat das auch noch Zeit», sagte er.

Die Frau musterte ihn durchdringend. «Ich dachte, das wär vorbei!» sagte sie.

Bienzle horchte auf. «Wenn's so einfach wär», sagte er aufs geratewohl.

«Man macht alte Fehler nicht mit neuen gut.»

«Das sagt sich leicht.»

Bienzle merkte, daß er sich auf sehr dünnem Eis befand, aber er mußte das Gespräch in der Schwebe halten. Da war etwas, was ihm vielleicht weiterhelfen konnte.

«Der Jürgen weiß jedenfalls, wie ich drüber denk!» sagte die alte Frau Pressler.

«Aha ...» Bienzle fiel nichts Besseres ein.

Die alte Frau deutete auf das Sägewerk hinunter. «Da wäre sein Platz – da, und nirgendwo anders.»

«Dagegen ist ja auch gar nichts zu sagen.» Bienzle mußte plötzlich daran denken, daß man im Schwäbischen solche Debatten, bei denen keiner sagt, was er denkt, als ‹geistreiches G'schwätz› bezeichnete.

«Dann lassen Sie ihn in Ruh!» sagte die Frau streng.

Bienzle versuchte seine Augenbrauen glatt zu streichen. «Das geht nicht ...»

«Vielleicht sollte ich einfach die Polizei ...» Sie brach erschrokken ab.

«Lieber nicht», sagte Bienzle. «Ich schau dann ein andermal wieder rein.» Er nickte ihr zu und stapfte die Treppe hinunter.

Die Frau sah ihm nach, bis er zwischen zwei Douglasfichten rechts und links vom Gartentor verschwand.

Eine Hupe ertönte. Im Werk wurden die Maschinen abgestellt. Mittagspause. Bienzle nahm wahr, wie die plötzliche Stille von allen Seiten auf ihn eindrang. Ein Vogel sang die Tonleiter hinauf.

«Solche Sommertage sind selte», sagte ein Mann, der auf einem Stapel Bretter saß und ein belegtes Brot vesperte, als Bienzle vorbeikam.

«Ein richtiges Geschenk», sagte Bienzle.

«Eigentlich kei Zeit zum Sterbe», sagte der Mann.

Bienzle musterte ihn. Er war klein und stämmig; die Hände, die das Brot hielten, wirkten viel zu groß. Er mochte an die Siebzig sein und ein Leben lang an der frischen Luft gearbeitet haben. Sein Gesicht, von tiefen Falten durchzogen, sah aus wie aus Leder.

Bienzle setzte sich neben ihn. «Sie redet über des Mädle, gell?»

«Mhm.»

«Habet Sie die Elke Maier gekannt?»

«Jeder hat se kannt!»

«Und Sie – gut?»

«Nei, net bsonders.»

«Ich heiß Bienzle. Ond Sie?»

«Mühlbauer.»

«Was?»

«Ja, ja, i bin der Vadder.»

«Aha.»

«I hab meim Sohn den Hof schon lang vermacht. Von Beruf bin ich nämlich Zimmermann, net wahr. I war nie a bsonders guter Bauer.»

«Das g'fällt mir», sagte Bienzle.

«Was?»

«Daß Sie des so offe zugebe.»

Der Mann hob die Schultern und öffnete eine Bierflasche. Er trank und reichte Bienzle die Flasche hinüber. «Der Kasparczek war's übrigens net.»

«Wer dann?» Bienzle trank.

Der Alte lachte. «Bin ich die Polizei oder Sie?»

«Warum hat Ihr Sohn den Kasparczek eigentlich bei sich aufgenommen?»

«Auf jeden Fall war's net bloß Nächstenliebe.»

«Sondern?» Bienzle reichte die Flasche zurück.

«Interesse!»

«Was?»

«Ja. Mein Konrad war scho emmer wißbegierig. Und der Kasparczek weiß halt mehr als andere Leut.»

«Deshalb stellt man doch niemand ein.»

«Warum net? – Aber Sie habet recht. Am meiste weiß der Kasparczek über die Landwirtschaft. Onser Hof ischt jetzt scho zwoimol ausgezeichnet worde, als vorbildlicher landwirtschaftlicher Betrieb, seitdem er da ist.»

«Obwohl bei Ihne noch d' Ochse eigspannt werdet?»

«Grad deshalb. Mr b'sinnt sich heut wieder auf 's Alte.»

«In mei'm Beruf ischt des anders», murrte Bienzle.

«Des glaub ich gern.»

Es trat eine Pause ein. Die Bierflasche wanderte noch zweimal hin und her. Schließlich sagte Bienzle: «Was treibt denn euer Juniorchef so, wenn er sich net ums Holz kümmert?»

Der alte Mühlbauer zuckte die Achseln. «Er ischt halt viel unterwegs ... Ka scho sein, daß 'r no was laufe hat, dr Junior. Zu mir sagt er nix.»

«Warum saget ihr eigentlich Juniorchef? Der Alte lebt doch wohl net mehr?»

«Der lebt scho no.»

«Ach so? Ich hab ganz selbstverständlich angenommen ...»

«Bloß weiß keiner, wo.»

«Ach du liabs Herrgöttle vo Biberach ...» stöhnte Bienzle.

«Den habet se aus'm Haus triebe – entmündige wolltet sie ihn lasse. Manchmal denk ich, i hab scho großes Glück g'habt mit mei'm Konrad.»

«Und Sie habet keine Ahnung, wo der Alte sein könnt?»

Der alte Mühlbauer kicherte. «Z'erscht hat er des ganze Vermöge in Sicherheit bracht, und dann ischt er verschwunde. Sieben Millione, sagt mr ...» Er hob seinen schwieligen Zeigefinger: «Siebe Millione – des müsset Se sich amal vorstelle!»

«Und das Sägewerk?»

«Hypotheke bis unter's Dach.» Wieder kicherte der alte Mühlbauer. «Der war gscheiter als sei ganze Familie. Der Junge, der Jürgen, der glaubt jo, er sei a heller Kopf – aber des stimmt au bloß, wenn d' Sonn drauf scheint.»

Bienzle lachte. «Mit Ihne dät i gern amal zwoi, drei Viertele trenka.»

«Ha, des wird sich mache lasse!» Der alte Mann stand schneller und gelenkiger auf als der gut zwanzig Jahre jüngere Bienzle. Im gleichen Augenblick beendete die Hupe die Mittagspause.

8

Als Bienzle ins Polizeirevier zurückkehrte, war Sparczek gerade weggegangen, um einen Unfall aufzunehmen. Bienzle ließ sich ganz selbstverständlich an Sparczeks Schreibtisch nieder und rief Gächter an.

«Was machste denn so?» fragte Gächter.

«Schwer zu sagen – Spaziergänge!»

Gächter kannte den Freund gut genug, um zu wissen, daß das Spaziergänge besonderer Art waren.

«Und du?» fragte Bienzle.

«Ich hab den Kollegen Computer ausgequetscht. Im Eichenhof wohnt derzeit kein einschlägig Vorbestrafter.»

«Das wundert mich nicht.» Bienzle wechselte den Hörer in die linke Hand und wischte die schweißfeuchte rechte an der Hose ab.

«Aber du wirst dich gleich wundern», sagte Gächter.

«Hä?»

«Einen Handelsvertreter Fortenbacher gibt's nicht – mindestens nicht unter der angegebenen Adresse, und ich hab mich auch mal in der Tabak-Branche umgehört. Fehlanzeige, überall.»

Bienzle empfand den Schweiß, der ihm unter dem Hemd auf dem Rücken stand, plötzlich als eiskalt. «Aber das muß einen anderen Grund haben – ich mein, falls er gefälschte Papiere hat. Man besorgt sich doch nicht vorsorglich falsche Papiere, um dann jemand umzubringen.»

«Warum nicht?» fragte Gächter. «Wenn das Verbrechen kaltblütig geplant war ...»

«Blödsinn! Der Mann verkehrt doch schon länger unter dem Namen Fortenbacher in Vorderbach. Sag mal – diese Namensähnlichkeiten sind ja auch komisch ... Vorderbach und Fortenbacher, Sparczek und Kasparczek.»

«Solche Zufälle gibt's.»

«Ja, freilich, aber bei dem Fortenbacher könnt's auch einfach Phantasielosigkeit sein!»

«Brauchst du mich da draußen?» fragte Gächter.

«Noch nicht», sagte Bienzle, «wahrscheinlich bist du in Stuttgart jetzt wichtiger. Womöglich müssen wir schon bald nach dem jungen Pressler fahnden.»

«Ist der verschwunden?»

«Möglicherweise.» Bienzle berichtete Gächter bis ins letzte Detail, was er erlebt und erfahren hatte.

«Toll, was so ein Spaziergang alles bringt», meinte Gächter zum Schluß. Als er aufgelegt hatte, wandte er sich zu seinem Kollegen Gollhofer um. «Der Bienzle! Guckt die Leute an, sagt ein paar freundliche schwäbische Sätze, wartet, guckt, hört zu – und jedesmal findet er dabei was raus.»

«Man könnte auch sagen, der hat mehr Glück als Verstand», sagte Gollhofer ärgerlich. Er selbst recherchierte verbissen, aber erfolglos in einem Raubmord-Fall.

«Irrtum», sagte Gächter; «es ist vor allem sein Verstand und natürlich seine Art, mit den Leuten umzugehen – und die hat auch eine Menge mit dem Verstand zu tun. Der Präsident kann froh sein, daß er über seinen Schatten gesprungen ist und dem Bienzle die Mordkommission zurückgegeben hat.»

«Aber du wirst so nie Abteilungsleiter», sagte Gollhofer giftig, «der Bienzle hat ja so eine verdammt widerstandsfähige Leber.»

«Erstens mal trinkt er lange nicht mehr soviel, seitdem er mit dieser Frau zusammen ist, und zweitens – das kannste dir merken – am Ende ist's mir lieber, mit einem Mann wie Bienzle zu arbeiten, als auf seine Kosten die Treppe raufzufallen!»

«... sagte der Fuchs und lugte hinauf zu den Trauben.»

«Werd nicht geistreich, Gollhofer, das paßt nicht zu dir!»

Wieder beugten sich beide über ihre Akten.

Bienzle erbat sich von einem Mitarbeiter Sparczeks einen Wagen. Aber der Inspektor bedauerte, man habe derzeit nur zwei fahrbereite Autos, und die seien unterwegs. Ein Motorrad sei noch in der Garage.

Bienzle zwinkerte. «Warum nicht ein Motorrad ... Kennen Sie den Wachtmeister Studer?»

«Wen bitte?»

«Den Fahndungswachtmeister Studer von der Berner Polizei ...» Der Inspektor schüttelte den Kopf.

«Eine Erfindung, eine literarische Figur. Der Autor heißt Glauser – auch ein Schweizer; leider schon tot allerdings.»

Dem Inspektor wurde es unheimlich. Ein durchaus bekannter, ja, schon berühmter Kriminalkommissar aus Stuttgart, der hier über literarische Figuren redete und eine BMW 500 nicht abzuschlagen schien ...

«Der Studer fährt nämlich auch ein Motorrad.»

«Fuhr», sagte der Inspektor, «er ist doch tot!»

«Der Studer nicht, der Glauser.»

Der Inspektor zog es vor, nichts mehr zu sagen. Wortlos kramte er die Papiere für das Motorrad, einen Sturzhelm und eine Lederjacke samt Nierenschutz hervor. Bienzle musterte die Jacke. «Ist das die größte?»

Der junge Kollege nickte.

«Na dann – ich hab einen Parka dabei.» Er dankte und klemmte den Helm unter den Arm.

Als er an der Tür war, sagte der junge Inspektor: «In Stuttgart nennt man Sie doch den Nesenbach-Maigret, gell?»

«Mhm», sagte Bienzle, «weil nämlich, Stuttgart liegt nicht etwa am Neckar, wie viele glauben, sondern am Nesenbach.»

Das war nun freilich keine Begründung dafür, daß man den knorrigen Schwaben Bienzle mit dem fiktiven Pariser Kommissar verglich. Schnell fügte er hinzu:

«Aber ehrlich – Nesenbach-Studer wär mir lieber!»

Motorradfahren hatte er schon auf der Polizeischule gelernt. Das war freilich eine Weile her. Zuerst hatte er ein wenig Probleme mit dem Gleichgewicht. Auch die Tatsache, daß die Maschine so viel Kraft auf die Straße brachte, machte ihm zu schaffen. So war er froh, als er das Gefährt vor dem Eichenhof ausrollen lassen konnte.

Ein breiter betonierter Weg führte zum Eingang hinauf, dem eine kleine Freitreppe vorgelagert war. Das Haupthaus stand behäbig auf einer kleinen Anhöhe. Dahinter gingen fächerartig flache Werkstattbaracken ab, aus denen man Hämmern und Sägen hörte. Bienzle, der zuerst direkt ins Haus hatte gehen wollen, entschloß sich anders und schlenderte an der Längswand entlang nach hinten. Er stieß die Tür zu einer der Werkstätten auf.

Etwa zehn Männer waren dabei, Bretter zu Kisten zu verarbeiten. Nur zwei von ihnen wirkten dabei so, als ob sie eine gewisse Übung hätten.

«Grüß Gott», sagte Bienzle laut.

Sofort hörten alle auf zu arbeiten, ganz offensichtlich dankbar für die Unterbrechung.

Bienzle geisterte ein Spruch durch den Kopf: Arbeit macht frei. Er wußte nicht mehr, woher er ihn hatte und was ihn unterschwellig so daran ärgerte. Also sprach er ihn – wie zur Probe – mal laut aus: «Arbeit macht frei!»

Der älteste der Männer lachte, daß einem das Blut in den Adern gefrieren konnte.

Bienzle sah ihn an. «Wo stand das bloß?» fragte er leise und wußte es im gleichen Augenblick.

«Über'm Eingang zum KZ Auschwitz», sagte der Alte.

Bienzle dachte, warum hab ich's hier nur mit alten Männern zu tun, bei zwei so jungen Leichen? Laut sagte er: «Au, dann war das aber eine schlechte Assoziation.»

Der Alte nickte. «Stimmt!»

Ein junger Mann, hager, mit unreiner Haut, rief: «Da hat er recht – 'n KZ ist 'n Dreck gegen den Laden hier!»

Der Alte fuhr herum, war mit drei schnellen Schritten bei dem anderen und schlug ihm ins Gesicht.

«Was soll'n das?» schrie der Geschlagene, aber er wehrte sich nicht.

Der Alte drehte sich ruhig wieder um und sagte zu Bienzle: «Ich war in Bergen-Belsen.»

Bienzle war es unbehaglich in seiner Haut. «Entschuldigung», murmelte er und ließ offen, wofür und bei wem er sich entschuldigte. Irgendwie mußte er diese seltsam gespannte Situation verändern.

Er hockte sich auf eine Kiste, die unter seinem Gewicht knarrte. «Ich heiße Bienzle und bin beim Landeskriminalamt.»

Damit entspannte er die Situation aber keineswegs. Er hätte es ja wissen können. Jeder Tippelbruder reagierte mit instinktiver Abwehr, wenn er der Polizei begegnete.

«Ich untersuche den Mord an diesem Mädchen.»

Der junge Mann mit der pickeligen Haut sagte: «Die hat nie einen Unterschied gemacht.»

«Wie meinen Sie das?» fragte Bienzle freundlich.

«Na ja, für die meisten Leute hier – ich meine die Eingesessenen – sind wir doch der Abschaum, weiter nichts.»

Bienzle ertappte sich schon wieder beim Memorieren.

‹Die Eingesessenen›, sagt der Junge, dachte Bienzle; im Polizeisprachgebrauch muß der einsitzen, der verhaftet ist ... «Ich suche einen von euch», sagte er, «der einen grünen, einreihigen Anzug trägt, etwa so groß ...» Er hielt seine Hand waagrecht in Brusthöhe. «Kommt wohl aus dem Ruhrpott.»

«Sie meinen den Josef Kowalski?» fragte der Alte.

«Vielleicht.»

«Sicher meinen Sie den. Aber der hat bestimmt nichts damit zu tun.»

«Kann ja sein», sagte Bienzle unbestimmt. «Wo find ich ihn?»

«Haus sieben – dort hinten, die letzte Baracke.»

Bienzle bedankte sich, stand auf und ging hinaus. Langsam, beinahe zögernd, schritt er an den Baracken entlang.

Baracke sieben war eine Schmiede. Niemand bemerkte Bienzle, als er eintrat. An der Stirnseite glühte ein gewaltiger Kohlehaufen, in den von allen Seiten Metallstangen hineinragten. An verschiedenen Ambossen waren je zwei Männer dabei, die glühenden Stangen zu biegen.

Bienzle tippte einem Mann auf die Schulter. Ein rußgeschwärztes Gesicht wandte sich ihm zu.

«Knicken die Stangen denn nicht? Die sind doch hohl?»

Der Mann grinste. «Die würden schon knicken, wenn wir sie nicht vorher mit Sand füllen würden.»

Bienzle nickte anerkennend. «Ich suche Herrn Kowalski.»

«Heh, Kowalski, Besuch!» brüllte der Mann mit dem schwarzen Gesicht.

Das gleiche Spiel wie zuvor in der anderen Werkstatt: Schlagartig ruhten die schweren Hämmer.

«Grüß Gott», sagte Bienzle.

Kowalski sah kurz her und begann dann, wie wild auf einem Rohrstück herumzuhämmern. Bienzle ging zu ihm hin.

«Ich geb ein Bier aus», sagte er.

«Nach Feierabend!»

Bienzle sah auf die Uhr. Es war kurz nach vier. «Gut», sagte er.

«Warum?» fragte Kowalski und schlug auf das glühende Eisen, daß die Funken sprühten.

«Sie haben ganz schön Kraft», sagte Bienzle.

Kowalski hob den Hammer. «Ich ...» Er schlug auf das Rohr. «... habe ...» Wieder ein Schlag. «... nichts ...» Noch ein Schlag. «... gesehen!» Zwei Hammerschläge.

«Ich warte dann», sagte Bienzle, drehte sich um – und stand direkt vor einem Mann in einem grauen Anzug.

«Was tun Sie hier?» herrschte der ihn an.

«Sind Sie hier der Chef?»

«Der Direktor, ja!»

«Bienzle, Hauptkommissar, Landeskriminalamt.»

«Ach ja?»

Bienzle zog seinen Ausweis heraus und reichte ihn dem Direktor.

«Unangemeldeten Besuch mögen wir nicht.»

Bienzle fuhr sich durchs Haar. Er schwitzte. Draußen war heißer Sommer, und hier drin mochte es noch fünfzehn oder zwanzig Grad mehr haben. «Wissen Sie», sagte er, «wenn mal die Morde vorher angemeldet werden, haben wir vielleicht auch die Möglichkeit, für unsere Ermittlungen höflich um Termine zu ersuchen.»

«Sie hätten zuerst in die Verwaltung kommen müssen.»

Bienzle wurde langsam sauer. «Was ich tun muß, weiß ich selber.» Er rang nach Luft. Wie jemand hier drin schwere körperliche Arbeit machen konnte, war ihm unverständlich. Er ging zu der großen Tür und riß sie auf. Die Luft erfrischte ihn, obwohl sie über den Dächern noch immer vor Hitze zitterte.

Der Direktor war ihm gefolgt. «Nun?» fragte er.

«Was nun?»

«Was suchen Sie hier?»

«Einer Ihrer ... Gäste ist möglicherweise ein wichtiger Zeuge.»

«Ausgeschlossen!»

«Ach – tatsächlich?»

«Ja. Die Männer haben Ausgang bis dreiundzwanzig Uhr dreißig und keine Minute länger. Und daß da keiner über den Zapfen haut – darauf können Sie sich verlassen!»

«Wenn Sie's sagen.»

«Der Mord ist aber nach Mitternacht passiert . . .»

«Ein Mord passiert nicht – ein Mord wird begangen.»

«. . . und da herrscht hier Nachtruhe, klar?!»

«Zucht und Ordnung!» Bienzle sah den Mann an.

Er mochte Ende Vierzig sein; mittelgroß, schlank. Alles an ihm wirkte perfekt – das Hemd, die Krawatte, der Anzug, die sauber geputzten Schuhe. Wenn es einen konträren Typ zu Bienzle gab, war es dieser Mann. Das glattrasierte Gesicht wirkte gespannt, die Augen verrieten Härte und Unnachsichtigkeit.

«Wir haben Prinzipien», sagte der Direktor.

Bienzle verzog das Gesicht.

«Und zu denen gehört, daß Besucher sich der Form entsprechend anmelden.»

«Wie heißen Sie?» fragte Bienzle grob.

«Bitte?»

«Ihren Namen will ich wissen!»

«Gebhardt, Andreas Gebhardt.»

«Wo waren Sie in der Nacht zu gestern zwischen Mitternacht und zwei Uhr?» Bienzle hatte das nur gefragt, um Gebhardt zu ärgern. Aber die Reaktion überraschte ihn nun doch.

Sie standen noch auf dem Hof im prallen Sonnenschein, aber Gebhardt schien plötzlich zu frieren. Zwar beherrschte er sich mühsam, aber seine plötzliche Unruhe war unverkennbar. «Warum fragen Sie das?»

«Routine», sagte Bienzle obenhin.

«Mir erscheint es eher wie Heimtücke.»

«Kommt drauf an. Also?»

«Was also?»

«Wo waren Sie?»

Gebhardt dachte offensichtlich fieberhaft nach. «Bitte», sagte er, «bitte, ich . . . Ich meine, Sie haben zwar kein Recht, denke ich, aber andererseits, was soll's? – Ich habe bis etwa elf Uhr im Büro gearbeitet und dann die Heimkehrenden kontrolliert.»

«Kontrolliert?»

«Ja; sie versuchen immer wieder, Alkohol hereinzuschmuggeln. Der wird ihnen dann abgenommen und vor ihren Augen vernichtet.»

«Aha. Und danach?»

«Warten Sie ... Ich wollte meinen Kopf noch ein wenig auslüften. Ich habe mein Fahrrad geschnappt und bin noch ein wenig durch die Gegend geradelt.»

Halb Vorderbach muß in der Nacht unterwegs gewesen sein, dachte Bienzle. «In welcher Richtung sind Sie gefahren?»

«Tja, wenn ich das noch wüßte ...» Gebhardt hatte sich wieder gefangen.

Der lügt, dachte Bienzle; aber warum lügt er? «War denn Kowalski auch rechtzeitig wieder da?»

«Wenn ich mich recht erinnere ...»

«Na ja, Sie wüßten's doch, wenn einer gefehlt hätte!»

«Sicher, ja. Sicher, das wüßte ich.»

«Leute, die trinken, verraten am Ende alles», sagte Bienzle mehr zu sich selber als zu dem Direktor. «Die werden immer gesprächig; man muß nur warten können.»

Gebhardt stand seltsam geziert da. Er hatte die Arme über der Brust gekreuzt, so daß die Ellbogen in den flachen Händen lagen. Bienzle wirkte massig und unbeholfen neben diesem Mann.

Jetzt hob Gebhardt die rechte Hand und legte den Zeigefinger an die Nase. «Ich bin Richtung Mainhardt gefahren!»

Da konnte er am Tatort nicht vorbeigekommen sein.

«Tja, dann», sagte Bienzle. Für ihn war das Gespräch beendet.

Gebhardt wartete eine Weile, wobei er nervös auf den Zehen auf und ab wippte, dann fragte er: «Was werden Sie jetzt tun?»

«Zuerst geh ich mit Kowalski ein Bier trinken.»

«Das erlaube ich nicht!»

«Ich glaube nicht, daß ich Ihre Erlaubnis brauche», sagte Bienzle ruhig.

Eine grelle Klingel ertönte, das Zeichen für den Feierabend auf dem Eichenhof. Nacheinander kamen die Männer aus den Werkstätten. Bienzle fiel auf, wie sie gingen – wie Leute, die im Gehen geübt sind. Obwohl der Arbeitstag sicher anstrengend gewesen war, wurden ihre Schritte beschwingter, je weiter sie sich von der Baracke entfernten. Wieviele Kilometer wohl zusammenkamen, wenn man alle Strecken summierte, die diese Männer schon durchmessen hatten?

Bienzle sah den Direktor an. «Was machen die jetzt?»

Gebhardt hob die Schultern. «Am Feierabend sind sie ihre eigenen Herren.»

«Das wollte ich wissen.»

Bienzle verließ den Direktor ohne Gruß und ging zu Kowalski hinüber, der unschlüssig unter dem Tor zur Baracke sieben stand.

9

Josef Kowalski war ein wortkarger Mann, solange er nüchtern war. Als Bienzle ihn einlud, mit ihm auf dem Motorrad zu fahren, lehnte er ab. So gingen sie nebeneinander nach Vorderbach hinein. Und Bienzle hatte Mühe, mit seinem Begleiter Schritt zu halten. Sie hatten schon gut einen Kilometer hinter sich, als Kowalski zum erstenmal den Mund aufmachte:

«Ich hau hier ab – Monatsende, wenn ich den Lohn hab.»

«Und dann?»

«Mal sehn.»

«Wieviel Lohn gibt's denn?»

Kowalski lachte bitter auf. «'ne Mark zwanzig die Stunde. Bei freier Kost und Logis, versteht sich.»

Bienzle schüttelte den Kopf. «Müssen Sie denn arbeiten, Sie haben doch sicher eine Versehrtenrente oder so was?»

«Klar, bin ja Invalide – was man so Invalide nennt ... Da, meine Hand – abgeklemmt von 'ner Lore. Aber irgendwas muß man ja machen – tippeln oder schuften, sonst wirste doch rammdösig, isses nich so?»

Bienzle fiel dazu nichts ein. Und so marschierten sie bis Vorderbach, ohne sich weiter zu unterhalten.

«Ich lad Sie ein», sagte Bienzle, als sie das *Rössle* erreichten.

Kowalski sah an dem Haus hinauf. Seine Augen blieben an dem Fenster zu Bienzles Doppelzimmer hängen.

«Schöne Frau haben Sie», sagte er träumerisch.

Bienzle wurde es unbehaglich. «Ich denke, Sie liegen um halb zwölf im Bett.»

«Tscha, Sie denken das, und der Gebhardt denkt das auch.»

«Kommen Sie!» sagte Bienzle.

«Mommang – ich geh da nicht gern rein, könn'se nich 'n Bier rausholen?»

«Und was essen wir?»

«Bier vertreibt den Hunger.»

Bienzle fühlte sich in der Rolle des ‹Flaschenkindes› nicht sonderlich wohl. Aber der Gastraum war fast leer. Die Wirtin gab ihm auf seine Bitte zwei Plastiktüten, und Bienzle kaufte sechs Flaschen Bier.

Eine Viertelstunde später saßen Bienzle und Kowalski einträchtig nebeneinander unter einer ausladenden Buche am Waldrand im Gras.

«Sind Sie eigentlich Alkoholiker?» fragte Bienzle direkt.

«Jo, bin ich wohl! Aber meine traurige Lebensbiographie erzähl ich erst, wenn ich besoffen bin.»

«Fünfunddreißig Jahre vor Kohle», zitierte Bienzle.

«Woll!» Kowalski trank ansatzlos. Es war nicht auszumachen, ob er schluckte oder ob das Bier einfach die Kehle hinunterrann.

Bienzle legte sich zurück ins Gras. «Wie lange tippeln Sie schon?»

«Ich bin untypisch. Erst seit sieben Jahr bin ich auf Straße.»

«Erst vor Kohle, dann auf Straße ...» Bienzle versuchte zu lachen, aber es mißlang.

Sie saßen lange. Es war längst Nacht, und Bienzle war noch ein zweites Mal im *Rössle* gewesen. Und dann endlich kam Josef Kowalski zum Thema:

«Ich hau jeden Abend noch mal ab. Der Gebhardt weiß das auch, aber bei dem gilt nur, was vorne ist, verstehste – die Fassade. Was ich nich weiß, macht mich nich heiß, denkt der. Ich kann nu mal schlecht schlafen. Also zieh ich noch mal los: Raus aus'm Fenster, runter am Efeu ... Und dann dreh ich meine Runden.»

«Was machste denn dann?» fragte Bienzle, der ohne es zu merken, ins Du gerutscht war.

«Kucken!»

«Was denn – nachts?»

«Na ja, ich hab so meine Häuser, verstehste.»

«Ach so», sagte Bienzle, «du gehst als Spanner.»

«Ich kuck halt gern, das bringt mich hoch, verstehste, und dann ... Du, das is gut, es bringt mich hoch, und ich hol mir ein' runter. Is doch wie'n Gedicht, was? 'n richtiges Gedicht!»

So viel hatte Bienzle noch nicht getrunken, daß er dem zustimmen konnte.

«Am schärfsten isses, wenn ich welche draußen erwische. Die Häberlein – die Renate, verstehste –, die besonders ... Also, das war eine!» Er kicherte in sich hinein. «Da schmeißte jeden Pornofilm inne Ecke. Die und der Pressler! Oh, Mann, oh, Mann! Das war das Schärfste, woll!»

Bienzle fragte vorsichtig: «Also der Jürgen Pressler hat's mit der Renate Häberlein getrieben?»

«Och, nich nur der. Auch dieser Knallfrosch, der Vertreter, weißte, der aussieht wie'n Luftballon vor'm Platzen.»

«Und wie war's mit der Elke?»

Kowalski wiegte bedauernd den Kopf hin und her. «Nee, also die hab ich nur ein einziges Mal ... Ein paar Tage, ehe se dann ...» Er schluckte. «Wär ich nich abgehauen, wär's vielleicht nicht so weit gekommen.»

«Und mit wem?»

«Tscha, wenn ich das man wüßte. Es war so dunkel, der Typ hat gewartet ... Vor dem Dorf hat er gewartet, da, wo schon keine Lampen mehr sind. Und ich brauch ja auch 'n Sicherheitsabstand. Weißte, sehen, aber nicht gesehen werden – det is meine Devise.»

«Also, noch mal langsam!» Bienzle war seltsamerweise weder angewidert noch aufgebracht. «Als die Renate Häberlein umgebracht wurde, hast du sie da auch mit einem Kerl gesehen?»

«Nee, den Abend stand ich vor 'nem Haus in Neuvorderbach. Die haben ewig rumgemacht, gefummelt wie irre. Und dann, wie's interessant geworden ist: Licht aus, Klappe zu, Affe tot.» Er nahm einen kräftigen Schluck aus der Flasche.

Bienzle versuchte es noch einmal: «Du hast doch gesagt, du hast den Pressler gesehen.»

«Ja, sicher, hab ich auch. Mit der Renate. Und zweimal isser auch der Elke nachgestiegen. Die hat ihn auch 'n bißchen rangelassen. Aber nur 'n bißchen, verstehste – mal so mit 'ner Hand untern Pulli, sonst nix. Der war vielleicht sauer!» Kowalski kicherte zufrieden in sich hinein.

Bienzle ließ sich wieder ins Gras fallen. Ich sitz hier, dachte er, hol mir den Wolf im Hintern, trink schales Bier und hör mir miese Spannergeschichten an ... Das wird in keinem Protokoll erscheinen, oder doch nur in der Form, ‹nach unseren Ermittlungen bestanden intime Beziehungen zwischen ...›

«Haste mehr erwartet?» fragte Kowalski.

«Mhm», machte Bienzle unbestimmt. Er dachte an Pressler. Warum war der so bleich geworden, als Kowalski ihm auf den Kopf zugesagt hatte, er habe ihn gesehen? Er hakte nach: «Neulich abend, als die Elke Maier diesen Mann getroffen hat – wie war das noch mal?»

«Ach, lahmarschig. Ewig geredet ham'se – wie Verschwörer, so leis und zischelig, verstehste. Kein Liebesgeflüster, das kenn ich. Klingt ganz anders.»

«Aber du sagst doch ...»

«Später ham se gebumst, sicher. Aber dat war auch nich so richtig. Ich bin dann gegangen – da kannst dir ja denken, daß es nix Besonderes war.»

«War das dort, wo man ein paar Tage später die Leiche gefunden hat?»

«Doch nicht dort! Gleich hinterm Friedhof war's; da stehen Kiefern, und da blühen auch ein paar Jasminbüsche. 'n schönes Plätzchen ist das schon.» Kowalski trank.

Bienzle sagte: «Zeigst mir den Platz?»

«Was? Jetzt gleich?»

«Warum nicht?»

«Mann, du hast vielleicht Ideen!» Aber Josef Kowalski stand auf und stapfte los.

«Wie groß war denn der Kerl?» fragte Bienzle im Gehen.

«Wie soll ich das sagen?»

«Größer als Pressler?»

«Größer und schmaler, richtig.»

«Da gibt's aber nicht viele davon.»

«Nee. Du zum Beispiel bist zwar größer, aber ganz bestimmt nicht schmaler.» Kowalski lachte und verschluckte sich.

Als sie am Friedhof vorbeikamen, brach der Mond durch die Wolken. Kowalski ging voraus. Bienzle beobachtete, wie er bei jedem Schritt die Schultern vorschob. Wie schmal ist wohl der Grat, fragte sich Bienzle, was hätte passieren müssen oder müßte passieren, um mich auf den gleichen Weg zu bringen? Wie schnell mag das gehen – dieser kleine Schritt von der Sonnenseite zur Schattenseite des Lebens?

«Scheiße», sagte er laut.

«Biste wo reingetreten?» fragte Kowalski.

Bienzle gab keine Antwort.

Als sie die Stelle erreichten, wo Kowalski das Paar gesehen hatte, ärgerte sich Bienzle, daß er keine Taschenlampe besorgt hatte. Kowalski zog ein Messer aus der Tasche, schnitt einen Tannenzweig ab und machte flache Späne daraus, die er mit seinem Feuerzeug anzündete. Die brennenden Späne warfen flackerndes Licht ins hohe Gras.

«Die müssen eine Decke dabeigehabt haben», sagte Bienzle. Auf einer Fläche von etwa zwei auf zwei Meter war das Gras noch immer niedergedrückt.

«Was suchste eigentlich?» fragte Kowalski.

«Spuren halt. In so einem Fall kann doch mal was aus der Tasche rutschen, oder es bleiben Haare oder ...»

«So was zum Beispiel?» Kowalski hielt ein kleines Perlmutt-Taschenmesserchen in der Hand.

Bienzle fixierte seinen neuen Freund mißtrauisch.

«Wo ist das her?»

«Lag da.» Kowalski deutete auf eine Stelle hinter dem plattgedrückten Rechteck.

Bienzle ärgerte sich, daß er den Spanner nicht besser beobachtet hatte. Was nun, wenn das Messerchen aus Kowalskis Jacken- oder Hosentasche stammte? Kowalski war kein Haar weniger verdächtig als alle anderen – er war nachts unterwegs gewesen. Es war seine Geilheit, die ihn hinaustrieb, das hatte er selbst zugegeben; seine Schilderungen waren fast schon Schuldeingeständnisse. Aber gerade das sprach eher für ihn: Wenn er etwas mit der Sache zu tun hätte, dann hätte er den Mund gehalten. Bienzle war ratlos. Er verwünschte im stillen die Verdächtigen.

«Gehen wir», knurrte er und steckte das Perlmutt-Messer ein.

10

In Vorderbach wurden Beerdigungen begangen wie seit eh und je. Die sterblichen Überreste der Elke Maier waren vom gerichtsmedizinischen Institut in Tübingen nach Vorderbach überführt worden, aber die Wirtin Maier hatte untersagt, daß das tote Mädchen offen aufgebahrt wurde.

«Sie ist scho lebendig falsch aguckt worde», sagte sie zu Bienzle.

So versammelten sich Familienangehörige und Freunde um den zugeschraubten Sarg in Elkes kleinem Schlafzimmer, als die Totenglocke im Kirchturm zum erstenmal bimmelte. Sechs junge Männer, mit denen Elke einst zur Schule gegangen war, schafften den Sarg, der auf zwei langen hölzernen Holmen lag, auf die Straße und setzten ihn zum erstenmal vor der Haustür ab.

Der Leichenchor stimmte ein Lied an: *Dies ist dein allerletzter Weg auf Erden.* Der Trauerzug formierte sich: Voraus der Leichenchor, danach die Altersgenossen. Direkt vor dem Sarg ging der Pfarrer und dahinter, streng nach Geschlechtern getrennt, gingen zuerst die Männer und dann die Frauen, alle in düsterem Schwarz.

Bienzle, der zusah, wie sich der lange Leichenzug bildete, begriff erst jetzt, daß da keine Eltern waren. Was hab ich eigentlich ermittelt? fragte er sich. Ein Glück, daß seine Faulheit manchmal als Genialität ausgelegt werden konnte – dank seiner Erfolge.

Die jungen Träger nahmen den Sarg auf. Die Glocke begann wieder zu läuten. Bienzle wußte von zu Hause, daß ein Junge ganz oben auf dem Kirchturm saß, den Leichenzug beobachtete und den anderen Jungen an den Glockenseilen seine Kommandos zurief, wenn er sah, daß der Sarg wieder abgestellt wurde. Heute wurde das Kirchengeläut aber sicher vom Mesner elektrisch bedient.

Der Leichenzug hielt schon nach hundert Metern wieder an. Der Chor sang *O Haupt voll Blut und Wunden.*

Mein Job, dachte Bienzle, Blut und Wunden ... Langsam kam

der Leichenzug in die richtige Stimmung. Man weinte allgemein um das tote junge Mädchen. Wie hatte die Wirtin Maier gesagt? ‹Lebenslustig, fröhlich, hilfsbereit›. Und jene anständige Frau? ‹Es hat so komme müsse! Des hat mr gwußt, daß des mit der amal a böses End nimmt.›

Sechsmal setzten die sechs Träger den Sarg ab, und jedesmal sang der Leichenchor. Bienzle ging am Ende des Zuges und beobachtete die Trauernden.

Als man endlich auf dem kleinen, von grauen halbhohen Mauern eingefaßten Friedhof ankam, hatte er nur zwei Leute vermißt: Pressler und Kasparczek. Aber Kasparczek stand bereits trotzig an dem offenen Grab, als der Zug auf den Gottesacker einzog. Kasparczek weinte nicht. Er zog sich zurück, als die anderen kamen, und suchte sich einen Platz weit hinten neben einem Lebensbaum.

Wie bei jeder Beerdigung dachte Bienzle an Louis Armstrongs Version von *New Orleans Function*. ‹Erde zu Erde, Staub zu Staub – Laßt die Toten die Toten begraben; wir aber wollen leben.› Oder hieß es: ‹Uns aber laßt leben›?

«S'wär schon besser», dachte er, «wenn man's ohne Übersetzung verstehen könnte.»

Als die Träger den Sarg an drei Seilen in die Grube hinunterließen, drehte sich Bienzle um. Jetzt weinte Kasparczek. Bienzles Hand umschloß das kleine Messer in seiner Hosentasche.

Die Beerdigung war zu Ende. Die Teilnehmer strebten dem *Rössle* und dem dort vorbereiteten Leichenschmaus zu. Bienzle ging neben Kasparczek. Sie waren gleich groß. Kasparczek trug einen gut erhaltenen dunkelblauen Anzug. Sein Gang hatte etwas Lässig-Elegantes – so, als gehe er nicht über die Dorfstraße von Vorderbach, sondern über einen Boulevard.

Bienzle zog das Perlmutt-Taschenmesser heraus und zeigte es auf seiner flachen Hand. «Gehört das Ihnen?»

Kasparczek blieb stehen. «Ja, wo haben Sie's her?»

«Gefunden.»

«Wo?»

«Können wir uns irgendwo in Ruhe unterhalten?»

«Beim Mühlbauer – der wird zum Leichenschmaus gehen.»

Die Bauernstube war gemütlich eingerichtet. Um einen runden Tisch gruppierten sich ein paar alte Ohrensessel. Die holzgetäfelten Wände waren mit Urkunden und zwei naiven Bildern geschmückt. Bienzle stellte sich breitbeinig vor eines der Gemälde. Es zeigte eine flache Landschaft, im Vordergrund einen See, an dessen Ufer ein Fachwerkhaus stand. Aus jedem Fenster des Hauses schaute jemand heraus.

«Wer hat das gemalt?» fragte Bienzle.

«Ich. – Trinken Sie was?»

«Was haben Sie denn?»

«Einen Most aus dem Faß, aber auch einen Rotwein.»

«Dann trink ich einen Most.»

Als Kasparczek mit einem blaugrauen Steingutkrug und zwei Gläsern wiederkam, stand Bienzle noch immer vor dem Bild.

«Haben Sie da früher mal gewohnt?»

«In der Gegend, ja.»

Bienzle ließ sich in einen der Sessel fallen. «Wie sind Sie eigentlich hierher gekommen?»

Auch Kasparczek setzte sich. «Das ist eine längere Geschichte. Wie Sie wissen, war ich ja im Gefängnis. Vier Jahre ... Als ich rauskam, konnte ich nirgendwo Arbeit finden. Sie kennen das wahrscheinlich. In Zeiten der Arbeitslosigkeit kriegt ein ehemaliger Häftling noch schwerer was als sonst. Ich war ziemlich verzweifelt. Das Geld ging mir aus. Und von der Bürokratie wollte ich nichts wissen. Also ging ich auch nicht zum Arbeitsamt. Ohne Lohn und ohne Arbeitslosengeld – da bleibt ja nur das Betteln. Ich hab's auch ganz bewußt auf mich genommen, als so 'ne Art Fortsetzung der Strafe. Also wurde ich Tippelbruder. Sie können's auch Landstreicher nennen. In die Bruderschaft der sogenannten Nichtseßhaften wird man schnell aufgenommen. Man hilft sich gegenseitig. Und einer hat sich von Anfang an um mich gekümmert. Ein älterer Mann. Der hat mir die Adresse vom Eichenhof gegeben und gesagt, wenn's mal gar nicht mehr anders geht – dort hast du gute Luft, anständiges Essen, saubere Bettwäsche und eine vernünftige Arbeit.»

«Sprach der Mann Schwäbisch?»

«Er sprach mit schwäbischem Akzent.»

«War er denn aus der Gegend?»

«Ja.»

«Und wie hieß er?»

«Seinen bürgerlichen Namen weiß ich nicht. Er ließ sich einfach Gottlieb nennen.»

«Sie wissen wirklich nicht, wer es war?»

Kasparczek sah an Bienzle vorbei. «In der Zunft hat man danach nicht gefragt.»

Aber Bienzle ließ sich nicht so leicht abspeisen. «Und Sie? Haben Sie sich nicht gefragt?»

«Nein, damals nicht.»

«Und später? Als Sie dann hier in Vorderbach waren?»

Bienzles Fragen quälten Kasparczek. «Worauf wollen Sie hinaus?»

«Ich würde gern wissen, wer dieser Gottlieb ist.»

«Aber warum?»

«Ich weiß nicht. Im Augenblick gibt's zu viele Geschichten, die möglicherweise miteinander zu tun haben. Sind Sie diesem Gottlieb noch mal begegnet?»

«Nein.»

«Oder haben Sie noch mal von ihm gehört?»

Kasparczek schwieg und sah auf den Boden. Bienzle wiederholte seine Frage und bekam wieder keine Antwort.

«Ich laß nicht locker», sagte Bienzle.

Kasparczek sagte: «Was heißt schon, von ihm gehört?»

Bienzle verließ den bequemen Sessel und pflanzte sich vor Kasparczek auf. «Sie waren kurz vor der Mordnacht mit Elke Maier zusammen. Hinter dem Friedhof. Sie haben lange mit ihr geredet, und dann haben Sie mit ihr geschlafen. Man hat sie beobachtet.» Bienzle hatte die kurzen Sätze fast atemlos hervorgestoßen.

«Ja», sagte Kasparczek schlicht.

«Sie geben es zu?»

«Natürlich.»

«Das reicht noch nicht, um Sie festzunehmen, Kasparczek. Aber man könnte da Zusammenhänge vermuten ...»

Kasparczek streckte beide Arme vor, die Handflächen nach oben gekehrt. «Bitte.»

Bienzle fiel ins Schwäbische, wie immer, wenn er sich erregte. «Haltet Sie mi für blöd, oder tun Sie bloß so? Sie habet des Mädle doch möge!»

«Was hab ich?»

«Sie haben Elke Maier geliebt», sagte Bienzle mit ein bißchen zu viel Pathos in der Stimme.

«Woher wollen Sie das wissen?»

«Stimmt's etwa net?»

Kasparczek war in sich zusammengesunken. Die Hände hatte er flach gegeneinandergepreßt und zwischen seine Knie gesteckt. Er nickte an die zwanzigmal, wie ein Automat – auf und ab und auf und ab.

«Lassen Sie uns einen Schnaps trinken, mir ist nicht gut», sagte Bienzle.

Kasparczek nahm aus einem Buffet zwei kleine Gläser und eine Flasche. «Selbstgebrannt», sagte er, als er einschenkte.

«Mit Konzession?»

«Ohne.» Zum erstenmal gelang Kasparczek ein Lächeln.

«Es wird ein Gewitter geben», sagte Bienzle. Die Luft war schon schwül gewesen, als sie auf dem Friedhof waren, und jetzt schob sich eine dunkle Wolkenwand über die Tannenwipfel.

«Wir könnten Regen brauchen», sagte Kasparczek.

Bienzle trank seinen Schnaps und schob das Glas über den Tisch – eine Aufforderung, nachzuschenken.

«Was haben Sie für einen Beruf?» fragte er.

«Ich bin Landwirt.»

Bienzle trank das zweite Glas nur halb leer. Kasparczek drehte die Schnapsflasche in der Hand.

«Machen Sie das immer so?»

«Was?»

«Na ja, erst setzen Sie mir zu und ich glaube schon, ich steh mit dem Rücken an der Wand, und plötzlich lassen Sie ... Wie soll ich sagen ... Sie lassen Leine – ja, das ist es. Sie lassen mich nicht frei – o nein, ganz bestimmt nicht. Aber Sie geben mir so ein Gefühl ...»

«Ach, was!» sagte Bienzle, obwohl er wußte, daß sein Gegenüber recht hatte.

«Sie lassen sich Zeit. Sie sind wie eine Katze ... Ja, genau – wie eine Katze.»

«Ich geb Ihnen nicht recht, obwohl das auch schon andere gesagt haben.»

«Sie sind wie eine Katze», wiederholte Kasparczek. «Sie lauern und schnurren noch dabei – fast kriegt man Lust, den Kater zu streicheln, obwohl man selbst die Maus ist.»

Draußen grollte zum erstenmal der Donner. Einzelne schwere Regentropfen klatschten gegen die Scheiben.

«Wer ist Gottlieb?» fragte Bienzle.

Kasparczek schüttelte den Kopf.

«Also gut; meine Theorie ist verwegen, durch nichts gesichert und kommt gradewegs aus 'm Bauch. Aber ich sag's trotzdem. Der Gottlieb heißt mit Nachnamen Pressler.»

«Sie haben's die ganze Zeit gewußt.»

«Nicht gewußt; vermutet, eher noch g'schpürt hab ich's.»

«Der Mann ist ein siebenfacher Millionär. Wie kann man da vermuten, daß er ein Tippelbruder ist?»

«Aber er ist auch g'schpäßig, wie wir Schwaben sagen. Ich hab die *Rössle*-Wirtin gfragt – aus den beiden wär übrigens beinah mal was g'worden, vor fünfunddreißig Jahren. Sie hat eigentlich nur einen Satz g'sagt: ‹Der Gottlieb hat immer genau 's Gegenteil g'macht von dem, was man von ihm erwartet hat.› Der Name und dieser Ausspruch und das Gefühl in meinem Bauch ...»

«Aber warum haben Sie die Maierin überhaupt nach ihm gefragt? Er gilt als verschollen, und für die meisten ist er längst gestorben.»

«Aber für den alten Mühlbauer nicht.»

«Ach – der hat Sie auf den Gottlieb gebracht?»

«Ja, der hat mich auf ihn gebracht. Und jetzt will ich wissen, ob ein Zusammenhang besteht zwischen den Morden an den Mädchen und dem Verschwinden, oder vielleicht dem Wiederauftauchen des alten Gottlieb Pressler.»

Jetzt regnete es heftig. Blitz und Donner folgten immer dichter aufeinander. Es war so dunkel geworden, daß alle Konturen im Raum zwischen zwei Blitzen zu verschwimmen schienen. Aber als Kasparczek Licht machen wollte, wehrte Bienzle ab.

«Ich frag mal anders», sagte er. «Warum ist er zurückgekommen?»

«Wer sagt, daß er zurückgekommen ist?» Kasparczeks Stimme hatte plötzlich einen schrillen Klang.

«*Ich* sag das!»

«Wenn er zurückgekommen wäre», sagte Kasparczek nun sehr langsam und vorsichtig, «müßte ihn doch irgendwer gesehen haben.»

«Eben!» sagte Bienzle. «Und hätte er wohl in Vorderbach Visite gemacht, ohne seinen alten Zunftbruder zu besuchen? Wissen Sie, ich hab mich gewundert, mit welcher Selbstverständlichkeit der alte Mühlbauer gesagt hat: ‹Der lebt scho no!› – Grade so, als ob er ihn erst gestern oder vorgestern gesehen hätte.»

Ein greller Blitz zuckte über den Himmel und schlug ganz in der Nähe ein. Der Regen war zum Wolkenbruch angeschwollen. Bienzle drückte sich tief in seinen Sessel und zündete sich ein Zigarillo an.

«Ich stell mir das so vor: Ihr drei Männer sitzt hier in der Stube – Sie, der junge Mühlbauer und sein Vater. Was machen Sie denn meistens, so am Abend?»

Kasparczek mußte lachen. «Die Katze! – Wir spielen Skat, sehen fern, manchmal lese ich still für mich oder ich lese den beiden anderen was vor.»

«Was haben Sie an dem Abend gemacht, als Pressler kam?»

Kasparczek lachte wieder. «Wovon, bitte, reden Sie, Kommissar?»

«Also gut – bleiben wir dabei, wie ich's mir vorstelle ... Ihr sitzt also da, die Tür geht auf, und plötzlich steht da der alte Pressler. Ich könnt jetzt fragen, wie sah er aus, was hatte er an, war er gesund, munter, war er niedergeschlagen ... Und Sie würden antworten: Von wem, bitte, sprechen Sie, Kommissar?»

Bienzle konnte in der Dunkelheit nicht erkennen, ob Kasparczek lächelte.

«Der alte Pressler muß ein Spieler sein», sagte er nachdenklich. «Solche Männer sind selten – leider!»

«Gehören Sie nicht auch dazu?»

«Ich würde gern dazugehören; das ist was anderes ... Sie sind kein Spieler, Herr Kasparczek; Sie sind ein Realist und mit dem Erreichbaren zufrieden. Warum haben Sie sich nicht offen zu Ihrer

Liebe bekannt? Warum sind Sie nicht Arm in Arm mit Elke durchs Dorf gegangen? Warum haben Sie sich den Traum nicht erfüllt?»

«Hören Sie auf!» brüllte Kasparczek plötzlich.

«Verzeihung», sagte Bienzle, «ich wollte nicht theatralisch werden, aber die Frage gilt.»

Kasparczek atmete hörbar; es war ein seltsam geräuschvolles Atmen, wie ein leises Wimmern; er schnappte nach Luft und schien gleich darauf daran zu ersticken. «Es ist alles so sinnlos», stieß er endlich hervor.

«Nicht für einen Mann wie Gottlieb», sagte Bienzle scheinbar zusammenhanglos. Er wollte zum Thema zurück.

«Vielleicht gerade für ihn!»

Bienzle horchte auf. Kasparczek atmete jetzt wieder ruhig. «Für einen Mann wie Gottlieb, wie Sie ihn schildern, wird's doch erst sinnlos, wenn alles vorbei ist ... Wollten Sie sagen, daß Gottlieb Pressler nicht mehr lebt?» Bienzle sprach leise, jedes Wort betonend.

«Nein. Aber es könnte sein, daß er sozusagen in einer anderen Welt lebt. Zeitweise wenigstens.»

Plötzlich war es sehr still im Zimmer. Draußen tobte noch immer das Gewitter. Bienzle war froh darum, denn solange der Regen so herunterprasselte, würden die Mühlbauer-Männer das *Rössle* nicht verlassen, um heim zu kommen.

«Wissen Sie, ob er noch lebt?» fragte Bienzle.

«Ich weiß es nicht. Ich kann's nur hoffen.»

Wie kam man diesem Mann bei? Bienzle wußte es, wollte die Methode aber nicht anwenden. Wenn Gächter dagewesen wäre ... Der war gnadenlos und unbarmherzig, riß erst Wunden auf und streute dann Salz hinein.

Bienzle sagte: «Herr Kasparczek, ich weiß, wie ich die Wahrheit aus Ihnen herausholen könnte, aber ich will so nicht vorgehen. Sagen Sie mir, was Sie wissen, ohne daß ich Ihnen weh tun muß.»

Du bist zu weich, pflegte Gächter zu sagen; man kann nicht Kriminalpolizist werden und immer in Harmonie leben wollen. Immer willst du, daß die anderen dich mögen, am liebsten auch noch die Verbrecher, die du überführst ... Soll ich dir mal was sagen? Dein Altruismus ist der reine Egoismus! – Gächter hatte recht, aber

Bienzle konnte nicht anders. Nur manchmal – dann nämlich, wenn er rot sah. Es gab einen Punkt ohne Rückkehr; wenn der überschritten war, wurde Bienzle unberechenbar, jähzornig und rachsüchtig. Das war der Punkt, an dem dann Gächter manchmal mäßigend eingreifen mußte. Aber in der alten Vorderbacher Bauernstube war Bienzle weit davon entfernt, rot zu sehen.

Kasparczek sagte: «Wenn Sie herausfinden, wie alles war, beziehungsweise ist, werde ich Ihnen alles sagen, was ich weiß. Aber erwarten Sie nicht, daß ich Ihre Arbeit mache.»

«Das hat einen Hauch von Hochnäsigkeit», sagte Bienzle.

«Nein, es ist der Versuch, mich und andere, die nichts verbrochen haben, zu schützen.»

«Sie halten sich aber nicht zufällig für Gottes zweiten Sohn?»

«Wie bitte?»

«Nichts. Das war nur ein Zitat.»

Bienzles Eigenart, plötzlich aufzustehen und einen Raum zu verlassen, wirkte oft wie antrainiert. Aber er selbst spekulierte nicht dabei. Er ging einfach, wenn für ihn eine Sache zu Ende war. Er ging und nahm seine Gedanken mit. Und da waren dann die Menschen, mit denen er gerade noch geredet hatte, zwar nicht vergessen, aber das Gespräch war schon Vergangenheit.

Der Regen hatte sich verändert und fiel nun wie ein Vorhang dicht vom Himmel. Zum *Rössle* waren es nur ein paar hundert Meter, und Bienzle war es egal, wie naß er wurde.

Er zog sich in seinem Zimmer um und stieg dann die Treppe zur Gaststube hinunter.

Die Trauergemeinde feierte fröhlich. *New Orleans Function* in Vorderbach. Wein und Bier flossen in Strömen; man hatte gut gespeist, Wein getrunken und das tote Mädchen schnell vergessen.

Bienzle stand unbeachtet in der kleinen Seitentür, die vom Küchenkorridor zur Schankstube führte. Das erste, was er sah, war Jürgen Pressler. Er trug einen schwarzen, eleganten Schneideranzug und eine geflochtene schwarze Krawatte. Sein rechter Arm lag auf den Schultern eines jungen Mädchens, in der linken Hand hielt er ein volles Glas Rotwein. Das Mädchen drängte sich dicht an ihn, und Bienzle wünschte sich einmal mehr, dieser Pressler möge der Täter sein.

Bienzle zog sich zurück, ohne daß ihn jemand bemerkt hatte. Zumindest glaubte er das.

11

«Ich weiß nicht, sind es zwei oder gar drei Fälle, oder gehört alles zusammen», sagte Bienzle ins Telefon. «Der Pressler junior macht möglicherweise irgendwelche krummen Geschäfte, sein Vater treibt sich herum wie sein eigener Geist, und für den Mord an mindestens dem einen Mädchen gibt's kein Motiv.»

«Es sei denn, sie wußte etwas, was ihren Mörder störte.»

«Vielleicht waren es ja auch zwei verschiedene Mörder.»

«Dann waren es vielleicht auch zwei verschiedene Motive.»

«Oh, du liabs Herrgöttle von Biberach, wie hent di d'Mucka verschissa!» Bienzle seufzte tief.

«Was machst du am Wochenende?» fragte Hannelore.

«Ich muß dranbleiben!»

Sie war hörbar enttäuscht. «Das hab ich mir schon gedacht.»

«Magst nicht rauskommen? – Ich hab noch das Doppelzimmer.»

«Mal sehen, ich könnt ja auch was arbeiten.»

Hannelore war Buchhalterin und Sekretärin in einem Antiquitätengeschäft. Und da sie den Job ganz in eigener Verantwortung machte, arbeitete sie oft am Wochenende Liegengebliebenes auf. Das Gespräch hatte beide verstimmt, und beide bedauerten das wegen des anderen. Bienzle hätte am liebsten gleich noch einmal angerufen.

Er sah auf die Uhr. Es war kurz nach elf. Drunten in der Gaststube rumorte es. Die fröhliche Trauergesellschaft brach auf. Der Kommissar löschte das Licht und blieb, halb durch den Vorhang verdeckt, rechts neben dem Fenster stehen.

Als einer der Letzten kam Pressler heraus. Er hatte seinen Arm um die Hüfte des Mädchens gelegt, neben dem er schon in der Wirtschaft gesessen hatte. Die beiden gingen zu einem schweren Wagen. Bienzle war einen Augenblick unschlüssig, aber dann zog er doch den Parka an und ging leise die Treppe hinunter. Das Motorrad stand in einem Schuppen hinter dem Haus.

Als Bienzle die schwere Maschine auf die Straße hinausschob, stand Presslers Wagen noch da, die anderen Trauergäste hatten ihren Heimweg schon angetreten.

Die beiden im Auto küßten sich lange. Bienzle saß auf dem Motorrad, die Beine links und rechts abgespreizt. Jetzt wirst du selber noch zum Spanner, dachte er und sah demonstrativ in eine andere Richtung, bis Pressler endlich den Motor anließ.

Bienzle startete erst, als der Wagen schon ein gutes Stück die Hauptstraße hinuntergefahren war. Zum Glück hatte der Regen aufgehört. Bienzle fuhr ohne Licht. Er hoffte inständig, daß der Himmel klar bleiben würde. Der Mond leuchtete die Straße einigermaßen aus.

Pressler stoppte seinen Wagen in Neuvorderbach vor einem kleinen, unscheinbaren Haus. Bienzle stellte den Motor ab und ließ seine Maschine im Leerlauf ausrollen. Das Mädchen versuchte die Beifahrertür aufzustoßen, aber Pressler zog es zu sich hinüber. Gedämpft drang das Kichern des Mädchens an Bienzles Ohr.

«Mir bleibt au nix erspart», schimpfte er leise, als er sah, wie Pressler dem Mädchen den Pulli über den Kopf zog.

Aber da wurde Pressler plötzlich unterbrochen. Er setzte sich auf. Auch das Mädchen saß plötzlich wieder senkrecht und zog rasch ihren Pullover wieder an. Dann sah Bienzle, daß Pressler telefonierte. Wichtigtuer wie der hatten als erste so ein Autotelefon, dachte der Kommissar.

Das Mädchen drückte die Beifahrertür auf. Das Innenlicht flakkerte und ging dann vollends an. Pressler machte eine halbherzige Geste in die Richtung des Mädchens, aber da war es schon draußen und knallte die Tür wieder zu. Das Licht erlosch. Absätze klapperten über die Straße. Das Mädchen verschwand im Haus. Im gleichen Augenblick flammten die Scheinwerfer des Autos auf. Pressler stieß zurück, wendete und fuhr dicht an Bienzle vorbei in die Richtung, aus der er gekommen war. Auch Bienzle wendete sein Motorrad. Pressler fuhr schnell. Bei dieser Geschwindigkeit konnte ihm Bienzle ohne Licht nicht folgen. Er ließ sich deshalb ein wenig zurückfallen und schaltete den Scheinwerfer ein. Pressler nahm nicht den Weg zu seinem Sägewerk im Tal. In Vorderbach bog er Richtung Eichenhof ab. Bienzle ließ sich jetzt Zeit.

Weiter als bis zum Eichenhof gedachte er Pressler ohnehin nicht zu folgen.

Pressler parkte direkt vor der Freitreppe, sprang aus dem Wagen und hastete die Stufen hinauf. Die Tür öffnete sich. Vor dem Licht in der Eingangshalle erkannte Bienzle den Direktor, der Pressler begrüßte und eilig ins Haus zog.

Bienzle bockte das Motorrad auf.

Im zweiten Stock ging hinter zwei nebeneinanderliegenden Fenstern das Licht an. Gleich darauf wurden dort die Rolläden heruntergelassen. Auf Bienzles Uhr war es kurz nach zwölf. Er war unschlüssig. Sollte er hier warten? Was konnte ihm das bringen?

Im ersten Stock ging ein Licht an. Ein Fenster wurde aufgestoßen. Bienzle schlich im Schatten der Hauswand näher. Josef Kowalski begab sich auf seinen allnächtlichen Ausflug – raus aus'm Fenster – runter am Efeu!

Als er leichtfüßig aufs Pflaster sprang, erreichte Bienzle gerade die Stelle.

«Hallo, Josef.»

Kowalski fuhr zusammen, fing sich aber schnell wieder. «Ach, kuck mal, der Bulle.»

«Gibt's irgendeinen Weg ins Haus? Ohne Fassadenklettern, mein ich?»

«Warum?»

«Erzähl ich dir später. Also?»

«Vielleicht durch die Waschküche, komm mal mit!»

Sie hatten sich gerade dem hinteren Teil des Gebäudes zugewandt, als sie von einem Lichtkegel erfaßt wurden. Ruckartig blieben sie stehen, aber das Licht schwenkte bereits zur Seite. Ein Motor heulte kurz auf und starb dann ab.

«Moment», zischte Bienzle und schlich vor bis zur vorderen Ecke des Gebäudes.

Fortenbacher stieg aus, griff zwei schwere Taschen aus dem Kofferraum und rannte die Treppe hinauf. Bienzle hörte Schritte im Haus. Ein Riegel wurde zurückgezogen, ein Schlüssel drehte sich quietschend. Kurz darauf fiel die Haustür ins Schloß. Bienzle lugte auf den Platz hinaus. Er konnte die Wagennummer erkennen: S–HB–30.

Kowalski war Bienzle gefolgt. «Konspirativer Treff, woll?»

«Sieht ganz so aus. Gab's das schon öfter?»

«Ich hab mich nie drum gekümmert. Komm jetzt, ich verpaß sonst mein Kino.»

Die Tür zur Waschküche war zwar nicht offen, aber sie war auch nicht sonderlich widerstandsfähig. Kowalski drückte sie mit der Schulter auf.

«Was willste 'n eigentlich da drin?» fragte er Bienzle.

«Ich muß wissen, was die drei da oben zusammenführt.»

«Drei? Ist da noch einer?»

«Ja, Pressler.»

«Sieh mal einer kuck», kicherte Kowalski und verschwand.

Der Boden in der Waschküche war feucht und glitschig. Bienzle sah im Geist die Überschrift *Stuttgarter Kriminalhauptkommissar als Einbrecher* vor sich. Er schrammte mit dem Knöchel an einem Holzrost entlang und jaulte leise auf. Eine Tür führte in ein Kellergewölbe hinab, die andere auf einen Korridor hinaus. Blau überpinselte Zwanzig-Watt-Birnen gaben ein schummriges Licht, in dem alle Gegenstände schemenhaft wirkten.

Bienzle verharrte einen Moment.

Das Haus war voller kleiner Geräusche. Irgendwo hustete sich einer die Seele aus dem Leib. Aus einer entfernten Ecke vernahm er gedämpft und kaum wahrnehmbar Radiomusik. Hinter einer Tür klirrten Gläser oder Flaschen gegeneinander. Die Korridore und Treppenhäuser wirkten tot, aber hinter den Wänden konnte man Leben ahnen. Bienzle stieg vorsichtig die Treppe hinauf. Das Knarren der Stiegen erschien ihm unnatürlich laut.

Im zweiten Stock war nur unter einer Tür ein fadendünner Lichtstreifen zu erkennen. Dahinter hörte Bienzle Stimmen. Aber obwohl er sich dicht heranpirschte und sogar das Ohr gegen die Tür drückte, bekamen die Stimmen für ihn nicht genug Kontur, um einzelne Wörter oder gar Sätze verstehen zu können.

Wenn Bienzle schon mit einem Kater verglichen wurde, dann war es am ehesten seine Geduld, die zu diesem Vergleich berechtigte. Wenn er auf etwas wartete, verlor er das Gefühl für Zeit – genauer: er konnte es ausschalten.

So stand er auch jetzt, wie angewurzelt, breitbeinig da, die Hände auf dem Rücken und unmerklich mit seinem massigen Körper vor und zurückschaukelnd.

Als die Stimmen hinter der Tür lauter wurden, beugte er sich vor, machte aber keinen Schritt, um jedes störende Geräusch zu vermeiden. Er hielt den Atem an.

«... für Debatten ist es jetzt zu spät, Menschenskind!» Das war Direktor Gebhardts Stimme.

«Spiel dich nicht auf!» Die Stimme Presslers.

Die folgenden Worte hörte Bienzle nicht, erst wieder Presslers gebrüllten Satz: «Dann muß der Kerl halt verschwinden – und zwar auf Nimmerwiedersehen!»

«Wie die Mädchen, was?» schrie Gebhardt zurück.

Fortenbacher schien gar nichts zu sagen zu haben, oder war er es, dessen beruhigendes Gemurmel die anderen wieder zu einer leiseren Tonart brachte?

Eine halbe Stunde später: Stuhlbeine scharrten auf Dielenbrettern und Schritte näherten sich der Tür. Bienzle zog sich unter einen Treppenabsatz zurück.

Als erster ging Pressler. Er sprang, immer drei Stufen auf einmal nehmend, die Treppe hinunter. Da er aus einem hellen Raum kam, konnte er in dem düsteren Treppenhaus sicherlich kaum etwas erkennen, aber er nahm die Treppe so sicher, als ob heller Tag wäre.

Vorsichtig tastend folgte Fortenbacher. Er trug wieder die Taschen – alle beide diesmal in einer Hand, um mit der anderen Halt am Geländer suchen zu können. Die Taschen wirkten jetzt leicht und leer.

Als letzter verließ Gebhardt den Raum, nachdem er das Licht ausgeknipst hatte. Sorgfältig verschloß er die Tür und stieg die Treppe zum nächsten Stockwerk hinauf.

Pressler oder Fortenbacher oder beide mußten einen Hausschlüssel von ihm bekommen haben, sonst hätte Gebhardt sie ja hinunterbegleitet.

Bienzle kam das alles plötzlich phantastisch vor. Aber das passierte ihm öfter, daß ihn die Realität wie Phantasie anmutete – so als existiere sie nicht wirklich, und umgekehrt wirkte manches, was andere für Phantasien hielten, auf ihn oft alltäglich und völlig real.

Langsam stieg Bienzle die Treppe hinunter. Wieder kam ihm der Gedanke, daß vielleicht auch er hier in einem Zwei- oder Vierbettzimmer um sein schwer verdientes Gnadenbrot betteln müßte, wenn sein Leben anders verlaufen wäre.

Die Haustür war offen. Fortenbacher hatte sich nicht die Mühe gemacht, wieder abzuschließen, was Bienzle fast dankbar machte.

Die beiden Autos waren verschwunden. Bienzle tappte zu seinem Motorrad, überlegte es sich aber noch einmal anders. Dort, wo der Vorplatz an die Straße grenzte, stand ein Telefonhäuschen.

Auch Nichtseßhafte haben wohl irgendwo manchmal einen Seßhaften sitzen, der in seiner sicheren Wohnung über ein Telefon verfügt, dachte Bienzle; auch Tippelbrüder sind wohl manchmal Postkunden.

Er rief Gächter zu Hause an und entschuldigte sich gleich für die Störung. Normalerweise vermied er es, seine Kollegen daheim zu stören. Er bat Gächter, gleich morgen früh zu ermitteln, wem der Wagen mit der Nummer S–HB–30 gehörte.

Als Gächter fragte, wie er weiterkomme, sagte Bienzle: «Eigentlich gar nicht», und hängte ein.

12

Obwohl Gächter sehr früh losgefahren war, traf er Bienzle nicht mehr im *Rössle* an.

«Er ischt weg, aber z'Fueß», sagte die Wirtin.

«Wie denn auch sonst?»

«Ha, mit seim Motorrad.»

«Mit seinem was?»

Frau Maier hielt weitere Erklärungen für überflüssig und ging in ihre Küche zurück.

Gächter rief: «Wissen Sie wenigstens, wo er hingegangen ist?»

«I glaub, ins Sägewerk.»

Bienzle war richtig froh, daß er so früh aus dem Bett gekommen war. Die Luft war frisch. Ein leichter Wind bewegte die Blätter der Bäume entlang dem kleinen Flüßchen.

Am liebsten wäre er einfach am Sägewerk vorbeigegangen, immer weiter, dem plätschernden Wasser nach. Aber er gab sich dann doch einen Ruck und überquerte die schmale Brücke.

Heute bot sich ihm ein ganz anderes Bild. Alle Maschinen standen still. Die Tore der Hallen waren geschlossen und mit Riegeln und Vorhängeschlössern gesichert. Er ging langsam durch eine der schmalen Gassen zwischen den Bretterstapeln.

Einiges konnte er sich zusammenreimen, aber vieles paßte nicht ins unvollständige Bild. Wer hatte Pressler überfahren wollen? Und warum hatte der sich totgestellt – wo ihm doch offensichtlich gar nichts passiert war? Oder war das Ganze ein abgekartetes Spiel? Aber warum? Und für wen?

Bienzle blieb vor einem großen Haufen Sägemehl stehen, schöpfte mit beiden Händen davon und roch daran, ehe er es langsam durch die Finger rieseln ließ.

Schieb nichts auf – was weg ist, brummt nimmer, hatte sein Vater früher immer gesagt. «Dann wolle mer halt amal», brummelte Bienzle und stieß das Gartentor auf. Er zwang sich, langsam die Stufen zu Presslers Bungalow hinaufzugehen, denn er wollte nicht außer Atem sein, wenn er oben ankam.

Jürgen Pressler saß auf der Terrasse und frühstückte.

«Entschuldigen Sie», sagte Bienzle, als er die abgerundete Plattform erstiegen hatte, die durch ein schmiedeeisernes Gitter begrenzt wurde; «ich störe nur sehr ungern.» Und sofort ärgerte er sich über den Anflug von Liebenswürdigkeit, die man dem Satz womöglich entnehmen konnte.

«Ach, Herr Kommissar!» Pressler wies mit einer großspurigen Geste auf einen Stuhl rechts neben sich. «Kann ich Ihnen etwas anbieten? Ham and eggs, einen Grapefruitsaft, oder Kaffee vielleicht?»

Presslers Mutter trat unter die Tür. Sie trug ein hochgeschlossenes Dirndl, weiße Kniestrümpfe und feste Schuhe.

Bienzle, der sich gerade setzen wollte, wandte sich ihr zu.

«Was wollen Sie schon wieder?» fragte Frau Pressler mit weit zurückgelegtem Kopf.

Der Kommissar hob nur die Schultern.

Pressler schmierte Butter auf eine frische Brezel. «Schon wieder?»

Dem Kommissar lief das Wasser im Mund zusammen.
«Frühstücken Sie etwas?» fragte Frau Pressler.
«Danke, nein.»
«Waren Sie denn schon mal da, Herr Kommissar?» Pressler sprach mit vollem Mund.
Die Mutter trat mit zwei Schritten vor. «Kommissar?»
«Landeskriminalamt Stuttgart», sagte Bienzle betreten.
«Aber ... Ich denke, Sie haben geschäftlich mit meinem Sohn ...»
Jürgen Pressler blickte auf. «Hat er das behauptet?»
Die Mutter nickte nachdrücklich.
«Da hört aber die Gemütlichkeit auf, mein Lieber!» Pressler gab sich empört. «Aber das sind so die Methoden der Polizei – heimliche Radarfallen aufstellen und den steuerzahlenden Bürger mit vorgeschobenen falschen Tatsachen aufs Kreuz legen!»
Bienzle hatte es leicht, die Verlegenheit, die er gegenüber der alten Frau empfand, zu überwinden, nachdem der Junior sich so aufspielte.
«Falsche Tatsachen gibt's net», murmelte er, «und im übrigen geht's hier nicht um eine Geschwindigkeitsübertretung, sondern um Mord in zwei Fällen.»
Für einen Augenblick war es sehr still auf der Terrasse. Nur das Summen der Bienen in den Balkonblumen war zu hören.
Frau Pressler setzte sich. Ihr Sohn hatte die angebissene Brezel behutsam auf den Teller zurückgeschoben.
«Was haben wir denn damit zu tun?» fragte er endlich.
«Die Fragen stell ich», sagte Bienzle grob. «Sie hatten mit beiden Mädchen intime Beziehungen.»
«Das ist nicht wahr!» schrie die Mutter.
«Doch, doch», sagte Bienzle; «es gibt Zeugen dafür.»
«Gekaufte wahrscheinlich», zischte Jürgen Pressler.
Bienzle sah ihn fast mitleidig an.
«Jürgen – sag, daß es nicht wahr ist!» rief die Mutter.
«Was verstehen Sie unter intimen Beziehungen?» fragte Pressler.
«Ich verstehe darunter, daß Sie mit Renate Häberlein mehrmals geschlafen haben ...»
Die Mutter zog die Luft hörbar durch die Zähne.

«... und daß Sie mit Elke Maier das gleiche vorhatten. Und auch schon fast erreicht hatten.»

«Wer sagt das?»

«*Ich* stell die Fragen! – Was haben Sie in der vergangenen Nacht mit Gebhardt und Fortenbacher, oder wie der immer auch heißen mag, im Eichenhof besprochen?»

«Wer behauptet, daß ich ...»

«*Ich* behaupte das, und diesmal nicht auf Grund von Zeugenaussagen, sondern auf Grund eigenen Augenscheins, wie es korrekt heißen würde.»

Jürgen Pressler war unter seiner Sonnenbräune blaß geworden, was seiner Haut eine grünliche Färbung gab. Seine Mutter saß auf der vordersten Kante ihres Stuhles, die Knie eng zusammengepreßt und den Oberkörper straff aufgerichtet. Ihre Lippen waren nur noch eine hauchfeine Linie.

Bienzle stand mitten auf der Terrasse. Er sagte langsam: «Gottlieb Pressler geht diesen Fragen wohl auch nach – wenn auch auf seine Weise.»

Mit jedem Wort verließ etwas von der Starre den Körper der alten Frau. Wort um Wort sank sie ein wenig mehr in sich zusammen.

Jürgen Pressler begehrte schwächlich auf: «Das ist alles ein grandioser Unsinn!»

Bienzle fuhr sich durchs Haar. «Ich geb zu, daß das mehr eine Vermutung ist, als eine gesicherte Erkenntnis. Aber daß Ihr Vater zurückgekommen ist, halte ich für sicher.»

«Aber dann wär er doch hier!» sagte Frau Pressler kaum hörbar.

«Was sollte er hier?»

«Hier ist sein Zuhause.»

«Ach, wirklich?»

«*Er* ist gegangen, einfach weggegangen ...»

«Nachdem der eigene Sohn versucht hatte, ihn entmündigen zu lassen.»

«Was hätten Sie denn getan?» Langsam kehrte die Kraft in Frau Presslers Stimme zurück.

Bienzle dachte an seinen eigenen Vater. Der war mit einundachtzig Jahren erst kürzlich gestorben. Obwohl sein Körper schon seit Jahren ausgelaugt und ruiniert gewesen war, obwohl er kaum mehr sehen und gar nichts mehr hören konnte, wäre kein Gedanke abwegiger gewesen, als der, den alten Mann zu entmündigen; für den ein Leben lang der Satz gegolten hatte: Egal, wo ein Bienzle am Tisch auch sitzt – da, wo er sitzt, ist immer oben ... Und was für ein Mann mußte der alte Pressler sein, wenn er im hohen Alter den Angriff dieses smarten Burschen abgewehrt und die Straße unter die Stiefelsohlen genommen hatte.

Bienzle sagte schlicht: «Ich hätte ihn gelassen, wie er ist.»

Die Frau lachte hysterisch auf. «Einen Mann, der sein Hab und Gut aufs Spiel setzt?»

«Er hat gespielt?»

«Ach, doch nicht so! Er hat sein Geld verschenkt – unser Geld, das Geld seiner Erben ... Er hat es weggegeben an irgendwelche dubiosen Leute, damit die gegen was weiß ich alles demonstrieren können.»

Bienzle horchte auf. «Sagen Sie bloß, er hat die Grünen finanziert!»

«Nicht die Grünen. Die halt, die gegen Waffenlager hier im Schwäbischen Wald sind. Für die hat er völlig sinnlos und wahllos und wahnsinnig überteuert ganze Waldstücke gekauft – Waldstücke, aus denen man nicht mal Brennholz, geschweige denn Nutzholz schlagen kann.»

Jürgen Pressler breitete die Arme aus und blinzelte zur Sonne hinauf. «Er war halt verrückt!»

Bienzle war plötzlich verwirrt. Konnte man es der Familie übelnehmen, wenn sie da einen Riegel hatte vorschieben wollen? Er zog sich einen Stuhl heran und setzte sich. Nachdenklich fragte er: «Wenn er mit diesen Atomwaffengegnern zusammengearbeitet hat – ist er dann zu denen gezogen, als er hier weg ist?»

«Das glaub ich nicht», antwortete Frau Pressler. «Er war mit denen nicht etwa – wie soll ich sagen – befreundet. Er hatte nur die gleiche Einstellung gegenüber dem Plan, hier in der Gegend amerikanische Raketen mit solchen, na ... Atomköpfen zu stationieren. Natürlich, diese jungen Leute wollten immer, daß er noch mehr tun sollte als ... als ...»

«Als Geld zu spendieren.»

«Ja. Ausgenommen haben sie den alten Idioten wie 'ne Weihnachtsgans», tönte Jürgen Pressler.

«Sprich nicht so über deinen Vater!» fuhr ihn seine Mutter an.

Bienzle sagte: «Im Grund ist es ja unwichtig, wofür er sein Geld ausgegeben hat; Sie hat ja wohl vor allem gestört ...»

«... daß er hier das Kapital abgezogen hat», sagte Jürgen Pressler; «Kapital, das wir brauchen. In dieser Branche muß man 'ne Menge vorfinanzieren. Ich hatte grade angefangen, Schlagrechte in Afrika und Südamerika zu erwerben – Limbaholz und so was ... Das muß man heute, verstehen Sie?»

Bienzle verstand es nicht. «Reichen die Wälder hier nicht?»

«Nicht, wenn man expandieren will.»

Bienzle saß breitbeinig da. Die Sonne schien jetzt mit ihrer ganzen Kraft. Kleine Schweißperlen standen ihm auf der Stirn. Er hatte das Gefühl, daß das Gespräch versanden wollte. Er mußte sich besser konzentrieren.

«Sie sind am Mittwoch abend angefahren worden», sagte er unvermittelt.

«Davon weiß ich ja gar nichts!» Die Mutter starrte ihren Sohn entsetzt an.

«Halb so wild! Ich war kurz weggetreten. Vielleicht hatte ich zuviel getrunken. Es war meine Schuld.» Er lachte ohne irgendein Anzeichen von Fröhlichkeit. «Ich muß ja ganz schön geschwankt haben. Beinahe hätte ich noch den Autofahrer – also, der versuchte noch auszuweichen – erwischt, aber mein Hinterrad ... Mich hat's über den Graben gebeutelt, rüber auf die Böschung. Aber ich bin dann gleich zu mir gekommen.»

«Und dann?» Jetzt verhörte ihn seine Mutter.

«Was, und dann?»

«Was ist dann passiert?»

«Nichts. Ich bin wieder zu mir gekommen und heimgelaufen.»

«Das bist du nicht!»

«Was redest du denn? Natürlich bin ich ... Moment, du hast ja recht!»

Zum erstenmal imponierte der junge Pressler dem Kommissar; seine Fähigkeit, sich auf eine plötzlich veränderte Situation einzustellen, war erstaunlich.

«Ja, richtig – jetzt fällt's mir wieder ein», sagte er ein bißchen zu laut; «frag mich aber nicht, Mutter, wo ich war.»

«Bei Elke Maier wohl kaum», sagte Bienzle trocken.

«Das war geschmacklos, Herr Polizist», sagte Frau Pressler.

«Mhm», machte Bienzle und nickte. «Aber wenn Ihre Frau Mutter schon nicht fragen soll – *ich* muß fragen ...»

«Warum?»

«Ich glaube, Sie schätzen Ihre Lage nicht richtig ein.»

«Das lassen Sie mal meine Sorge sein.» Presslers Gesicht hatte wieder die alte gesund-braune Farbe angenommen. «Auf jeden Fall – von mir erfahren Sie nicht, wo ich in der Nacht war.»

«Wissen Sie denn, wer in dem Auto saß?»

«Sie meinen, in dem, das mich angefahren hat? Bedaure.»

«Ich kann's Ihnen sagen.»

«Da bin ich gespannt!»

«Ein gewisser Herr Fortenbacher ...»

«... der aber gar nicht Fortenbacher heißt.» Das war Gächter, der unbemerkt die Treppe zur Terrasse heraufgestiegen war.

«Wer sind Sie denn?» fragte Pressler, plötzlich wieder nervös.

«Mein Kollege, Kommissar Gächter», Bienzle antwortete stellvertretend, «und er hat den Besitzer des Wagens ermittelt, von dem Sie angefahren wurden.»

Gächter lehnte sich schlaksig gegen das schmiedeeiserne Gitter. «Er heißt Bruno Steinhilber.»

«Was?» Das war Frau Pressler.

Bienzle sah verwundert zu ihr hinüber. Sie klammerte sich mit beiden Händen an den Armlehnen des Stuhles fest.

Gächter grinste. «Bruno Steinhilber ist mit Anneliese Steinhilber, geborene Pressler, verheiratet ... Gewesen, muß man wohl sagen. Die beiden sind seit zwei Jahren getrennt. Aber auch von ihrem Bruder und ihrer Mutter ist die junge Dame so gut wie geschieden. Sie hat immer zum Vater gehalten – diesem Öko-Freak, der sein Geld in wenig gewinnträchtige Wälder gesteckt hat, nur weil er hier keine Pershingraketen wollte.»

«Du weißt a ganze Menge, Gächter», sagte Bienzle.

«Für Familiengeschichten interessiere ich mich, seitdem wir in der Schule die griechischen Dramen durchgenommen haben.»

Bienzle sagte unvermittelt: «Könnt ich vielleicht einen Kaffee kriegen, und, wenn's geht, a Kirschwasser dazu?»

Frau Pressler bewegte sich wie eine Puppe an Fäden. Sie machte alles korrekt – so korrekt, daß es schon wieder unwirklich erschien. Dabei starrte sie vor sich hin, als ob sie einen imaginären Punkt fixieren müßte.

Bienzle dankte, nippte an dem Kaffee und sagte über den Tassenrand: «Haben Sie Ihren Mann einmal geliebt?»

Frau Pressler verlor den imaginären Punkt aus den Augen und sah Bienzle so an, daß es ihm sofort leid tat, diese Frage gestellt zu haben.

«Ob ich ihn geliebt hab? Ist das wichtig? Er ist so ein Mann, den alle lieben, verstehen Sie? So einer, der auf jeden zugeht und der von jedem immer nur das Beste glaubt.»

«Außer von den Amerikanern», witzelte Gächter.

Aber sie hörte gar nicht hin. «Er ist zu gut, verstehen Sie? Er hat immer für alles Begründungen und Verständnis. Und das ist dann so, daß man sich ... Ja, als Frau, verstehen Sie, da fühlt man sich dann so oft alleingelassen, manchmal sogar verraten. Ja. Wenn ich jemand kritisierte, nahm er ihn in Schutz. Er hatte sofort tausend Erklärungen, warum einer so war – warum der gar nichts dafür konnte ... Er ist lieb, aber so indifferent lieb, verstehen Sie. Und da wußte ich eines Tages nicht mehr, ob ich überhaupt gemeint war, wenn er zu mir lieb war. Und dabei ...» Plötzlich lächelte sie: «Er hatte soviel Phantasie; ihm fiel immer wieder was Neues ein. Ich kann Ihnen gar nicht sagen, wie oft er mich überraschte – mit Ideen, Geschenken, kleinen Aufmerksamkeiten. Aber dann passierten auch wieder solche Sachen: Es war auf einer Reise in Südamerika, und er brachte mir eine herrliche Kette und einen handgewebten Rock mit ... Ich weiß nicht, wieviele Stücke er davon gekauft hat. Auf jeden Fall, die Maierin vom *Rössle* hat die gleiche Kette.»

Bienzle verstand den alten Pressler besser, als er sich selbst eingestehen wollte.

«Aber das alles war noch nicht das Schlimmste – schlimmer war nämlich, wenn er so abwesend war ...»

«Abwesend?»

«In Gedanken. Ganz weit weg – was weiß ich, wo. Er sprach dann leise mit sich selbst oder auch mit anderen Leuten, die es nur in seiner Phantasie gab ...»

«Schluß jetzt damit!» sagte Jürgen Pressler gequält.

«Und wie war er zu Ihnen?» fragte Bienzle den Junior.

«Genauso gleichgültig, wie gegen meine Mutter.»

«Er war gegen mich nie wirklich *gleichgültig*», widersprach sie.

«Natürlich war er das – er hat's nur kaschiert. Der Mann ist nun mal nicht normal!»

Gächter stieß sich von dem Gitter ab. «Aber als Geschäftsmann hatte er was los, oder?»

«Im Gegenteil. Er hat den größten Waldbesitz hier in der Gegend fast auf Null heruntergewirtschaftet.»

«Auf sieben Millionen», warf Bienzle ein.

«... die ihm die Bank gegeben hat, ja. Das waren keine liquiden Mittel; das war praktisch ein Kredit.»

«Und was hat er mit dem Geld gemacht?»

«Weiß der Himmel! Wahrscheinlich hat er's den Raketengegnern in den Arsch geschoben.»

«Jürgen!» Frau Pressler sah ihren Sohn entgeistert an.

Ein vielleicht zehnjähriger Junge kam über die obere Böschung heruntergesprungen. Er schwenkte einen Zettel in der Hand.

«Peter!» rief Frau Pressler. «Paß auf! Die Mauer!»

Aber der Junge kannte sich aus. Kurz vor der Mauer, die den steilen Abhang zwischen Grundstück und Wald stützte, stoppte er und balancierte auf ihr entlang, bis er dicht über Jürgen Pressler stand.

«Das soll ich abgeben», rief er fröhlich; «krieg ich a Weckle?»

«Freilich», sagte Frau Pressler, offensichtlich froh über die Unterbrechung. Sie schnitt sofort ein Brötchen auf. «Marmelade, Honig oder Wurst?»

«Wurst, bitte.»

«Was hast du denn da?» fragte der junge Pressler.

Peter ließ den Zettel los, der wie ein Herbstblatt herunterflatterte und mitten auf den Tisch segelte. Frau Pressler, die über den Tisch gebeugt stand und das Brötchen gerade mit Butter bestrich, ließ das Messer fallen.

«Das ist doch seine Schrift!»

Die anderen schauten sie verständnislos an.

«Gottliebs Schrift!»

Gächter schaltete am schnellsten. «Wer hat dir das gegeben?» fragte er den Jungen.

«A alter Mann – drobe em Wald.»

«Wo droben?»

Peter zeigte in den dichten Tannenbestand hinauf. Bienzle hatte inzwischen nach dem Zettel gegriffen. Es war ein liniertes Blatt Papier, offensichtlich aus einem kleinen Notizblock herausgerissen. Die Schrift wirkte verspielt und wies viele Schnörkel und Häkchen auf. Der Text war wohl kaum in Eile geschrieben worden. Bienzle las:

> *Jürgen:*
> *Das Geld ist gut angelegt und gehört dir, wenn du dein Leben ordnest und von jetzt an lebst, wie es sich für einen Pressler gehört.*
>
> *Vater.*

«Was ist es?» fragte Jürgen Pressler.

«Ein Brief an Sie, von Ihrem Vater.» Bienzle reichte den Zettel über den Tisch.

Jürgen Presslers Hand zitterte, als er ihn nahm. Lange starrte er auf das Papier. Dann sagte er: «Ich hab's doch immer schon gesagt – er ist verrückt.»

Bienzle nahm den Zettel wieder an sich. «Ein ziemlich unpersönlicher Brief – keine freundliche Anrede, kein Gruß – nicht einmal *dein* Vater hat er geschrieben. Übrigens, Herr Pressler – eine Entmündigung hätte doch wohl kaum eine Chance gehabt, oder?»

«Vielleicht war er noch nicht ganz soweit, das stimmt.»

«Aber Sie hätten ihn schon noch so weit gebracht, was?» sagte Gächter.

Frau Pressler fuhr auf, wollte etwas sagen, ließ es aber dann. Sie reichte dem kleinen Peter, der mit baumelnden Beinen auf der Mauer saß, das belegte Brötchen hinauf.

«Wie hat der Mann denn ausgesehen?» fragte Bienzle den Buben.

«Alt.»

«Was hatte er an?»

«A Hos halt, ond en Kittel!»

«Hat er was bei sich gehabt?»

«So en Sack an em Strick.»

«Hat er den Sack in der Hand g'habt?»

«Noi; über d' Schulter g'hängt, an der Schnur.»

«Eine perfekte Personenbeschreibung!» murmelte Gächter süffisant.

Bienzle wandte sich wieder an den jungen Pressler. «Warum hat sich Ihr Schwager einen falschen Namen und sogar einen falschen Ausweis zugelegt?»

«Das ist sein Privatvergnügen.»

«Des muß sich erscht no rausstelle!» Bienzle wurde ärgerlich. «Sie habet sich übernomme, Pressler – je schneller Sie des eisehet, um so besser.» Er drehte sich abrupt um und ging zur Treppe. Zu Frau Pressler, die noch immer an der Mauer stand und nervös ihr Taschentuch zerknüllte, sagte er: «Vielleicht gibt's ja a Möglichkeit, sich wieder zu vertrage – so, wie Sie Ihren Mann g'schildert habet, ischt der doch sicher bereit dazu.»

Gächter war hinter Pressler stehengeblieben. Er hatte sich leicht vorgebeugt und sagte leise: «Wenn Sie glauben, es gäbe eine andere Möglichkeit, an das Geld Ihres Vaters heranzukommen, kann ich Ihnen nur sagen: Versuchen Sie's erst gar nicht.»

Jürgen Pressler griff nach dem Henkel seiner Tasse, aber seine Hand zitterte zu sehr. Er hob die Tasse nur kurz an und setzte sie klirrend wieder ab.

Gächters Dienstwagen zuckelte langsam das schmale Talsträßchen entlang. Ein einzelner Wanderer kam ihnen entgegen. Er warf dem Autofahrer einen bösen Blick zu.

«Alle Leut fahret in Schwarzwald oder auf die Schwäbische Alb», sagte Bienzle; «kaum einer weiß, wie schön der Schwäbische Wald ist.»

Gächter stimmte ihm zu und fragte dann, wie Bienzles Wochenendplan aussehe.

«Kei Ahnung», sagte Bienzle, «ich müßt noch mal mit dem Kasparczek reden. Auf jeden Fall sollten wir den Steinhilber dingfest machen.» Er schüttelte seinen massigen Kopf. «Warum der bloß den falschen Ausweis hat ...»

«Eine Sicherheitsvorkehrung; wenn er irgendwelche krummen Touren macht ... Der Steinhilber wird auch schon von der beobachtenden Fahndung gehört haben. Wenn also nun immer nur ein gewisser Fortenbacher auftaucht – an der Grenze zum Beispiel.»

«Aber was für Geschäfte können das sein?»

Bienzle hatte die Frage rhetorisch gemeint. Gächter verstand sie nicht so:

«An Grenzen kannst du mit allem krumme Touren machen, von Alkohol bis Zigaretten. Aber auch mit Geld ... und mit Gold. Und es muß ja auch nicht an der Grenze sein.»

«Mhm ...»

Gächter bog in die Talstraße ein und schaltete einen Gang zurück, um die Steigung besser nehmen zu können. Der alte Mühlbauer saß vor seinem Haus und las die Zeitung. Bienzle bat Gächter, anzuhalten. Er stieg aus und gab Gächter ein Zeichen, daß er weiterfahren könne.

«Gute Morge, Herr Kommissar.»

«Saget Se ‹Bienzle›, des wär mir lieber.»

Der Mühlbauer ließ seine Zeitung sinken. «Mein Sohn ist mit dem Kasparczek auf'm Feld.»

Bienzle ließ sich neben dem alten Mann auf der Bank nieder, knöpfte die Jacke auf, lehnte den Kopf zurück an die Hauswand und streckte die Beine steif von sich.

«Des duet gut, gell», sagte der Mühlbauer.

«Ich bin auf'm Dorf aufg'wachse.»

«Und jetzt sind Sie so a richtiger Stadtpolizist.»

«Mhm.»

Sie schwiegen eine Weile. Der alte Mühlbauer blätterte lustlos in seiner Zeitung, legte sie dann aber endgültig zur Seite. Eine Katze strich um ihre Beine.

«Ich muß den Gottlieb Pressler dringend sprechen», sagte Bienzle.

«Da werd ich Ihne kaum helfe könne.»

«Mir will hier, scheint's, überhaupt keiner helfe.»

Der alte Mühlbauer lachte ein bißchen. «In unserer Gegend stört man die Polizei net grad, aber mr hilft ihr au net.»

«Ich bin aber net *die* Polizei, sondern der Bienzle.» Er stand auf, nickte dem Alten zu und stapfte die Talstraße hinauf.

13

«Hoffentlich verrennst du dich nicht.»

Hannelore war am späten Samstag abend gekommen. Jetzt lag sie neben ihm und malte mit der Kuppe des Zeigefingers unsichtbare Figuren auf seine Brust.

«Was meinst du?»

«Die Morde an den Mädchen müssen ja nicht unbedingt mit den Geschäften zu tun haben, die der Gebhardt, der Pressler und der Steinhilber machen.»

«Nicht unbedingt, nein. Aber es gibt sonst überhaupt keine Spuren.»

«Und wenn's nun wirklich reine Sexualmorde waren?»

«Bei der Elke Maier deutet nichts darauf hin.»

«Der Täter könnte ... Gibt's nicht auch Lustmörder, die erst töten und sich dann an ihrem Opfer vergehen?»

«Doch, doch, das gibt's.»

«Na, also!»

Bienzle drehte sich ein wenig und sah Hannelore von unten ins Gesicht. «Wenn ich gewußt hätte, daß du alles nur noch komplizierter machen würdest, hätte ich nicht davon angefangen.»

«Dann laß uns von etwas anderem ...»

Ein Schrei zerriß die Stille der Nacht. Bienzle sprang so heftig auf, daß er mit seinem Kopf gegen die Stirn Hannelores schlug. Er fuhr in seine Kleider und rannte hinaus. Wieder dieser Schrei, jetzt näher. An der Tür stieß Bienzle fast mit Gächter zusammen. Sie rannten die Treppe hinunter. Die Schreie waren jetzt in ein hohes, singendes Weinen übergegangen.

Eine Gestalt kam ihnen über die Hauptstraße entgegengerannt. Unter der ersten Straßenlampe erkannten sie, daß es eine junge Frau war. Sie rannte in Panik auf die Häuser zu. Ihr Kleid war zerrissen. Bienzle wollte sie auffangen, aber als sie ihn sah, schrie sie erneut kreischend auf. Sie wich ihm aus und rannte weiter.

Plötzlich stand da Hannelore in ihrem bodenlangen Morgenrock. Sie stand einfach da und breitete die Arme aus. Das Mädchen stürzte auf sie zu und warf sich gegen sie. Sie drückte ihr Gesicht in Hannelores Halsbeuge, und endlich verebbten die schrecklichen

Schreie in ein leises Schluchzen. Behutsam legte Hannelore den Arm um die Schultern des Mädchens und führte sie auf das Gasthaus zu.

In den Häusern ringsum waren die Lichter angegangen, aber niemand trat ans offene Fenster. Ein paar Vorhänge bewegten sich leicht, ein paar Gesichter erschienen für kurze Augenblicke und verschwanden sofort wieder.

Nacheinander verlöschten die hellen Vierecke.

«Nicht sprechen!» sagte Hannelore leise. «Da, trinken Sie erst einmal!»

Frau Maier, in einem langen geblümten Nachthemd, hatte eine Cognacflasche und Gläser gebracht. Das Mädchen war nicht in der Lage, das Glas zum Mund zu führen. Hannelore setzte es ihr an die Lippen.

Die blonden Haare des Mädchens waren zerrauft. Der Ausschnitt ihres Kleides war aufgerissen – ebenso der Büstenhalter darunter.

«Wie ist das passiert?» fragte Gächter.

«Lassen Sie sie in Ruhe», sagte Hannelore unwillig. «Sie sehen doch, daß sie noch unter dem Schock steht.»

«Das darf der doch nicht ...» wimmerte das Mädchen.

«Wer?» fragte Gächter schnell.

«Ich ... ich ... ich weiß es doch nicht ...»

Frau Maier ging zum Telefon und rief einen Arzt an. Bienzle schaute auf die Uhr. Es war kurz vor eins. Er ließ sich die Nummer des Sägewerks geben und wählte. Es dauerte lange, bis sich der junge Pressler meldete. Seine Stimme klang verschlafen. Bienzle legte auf, ohne sich gemeldet zu haben.

«Kümmerst du dich um sie?» fragte Bienzle.

Hannelore nickte und strich dem Mädchen die Haare aus dem Gesicht. Bienzle gab Gächter ein Zeichen. Sie verließen das Lokal.

«Was jetzt?» fragte Gächter.

«Wir fahren zum Eichenhof.»

«Hast du das Mädchen schon mal gesehen?» fragte Gächter, als er einstieg.

«Ja, neulich beim Leichenschmaus. Sie hatte was mit Pressler angefangen – oder umgekehrt. Ist ja egal.»

Gächter fuhr schnell und konzentriert. Sie brauchten keine fünf Minuten bis zum Eichenhof.

Das große Gebäude lag still in der Dunkelheit. Bienzle legte den Finger auf die Klingel und nahm ihn erst wieder weg, als das dunkle Haus sich erhellte und Stimmen und Geräusche zu hören waren.

Gebhardt erschien unter der Tür. Er trug einen gestreiften Bademantel. «Was soll denn das?» herrschte er die Beamten an.

«Ich will Kowalski sprechen», sagte Bienzle.

«Aber erlauben Sie mal ...»

Gächter stieß die Tür vollends mit dem Fuß auf und ging hinein. «Wo hat er sein Zimmer?»

«Im ersten Stock», sagte Bienzle.

Gächter sprang die Treppe hinauf.

«Sie haben überhaupt kein Recht ...» Weiter kam Gebhardt nicht.

«Mit Ihnen rede ich später!» schrie ihn Bienzle an. Sein ohnmächtiger Zorn stand ihm so deutlich ins Gesicht geschrieben, daß Gebhardt unwillkürlich einen Schritt zurückwich.

Als Gächter das erste Stockwerk erreichte, standen ein paar Männer in ihren Schlafanzügen unter den Türen.

«Wo wohnt Kowalski?» fragte Gächter.

Einer der Männer wies mit dem Daumen über die Schulter.

«Da drin, aber er ist nicht da.»

«Wann ist er weg?» rief Bienzle noch von der Treppe her.

«Vor 'ner Stunde etwa – da raus aus'm Fenster ...»

«... und runter am Efeu, ich weiß.» Bienzle war plötzlich niedergeschlagen. Er setzte sich auf die Treppe und stützte den Kopf auf beide Fäuste.

Gebhardt hatte inzwischen die Ruhe zurückgewonnen. «Darf ich jetzt endlich fragen, was hier gespielt wird?»

«Vor einer halben Stunde hat einer versucht, ein Mädchen zu vergewaltigen.»

«Sie meinen Kowalski?»

«Nein. Ich hab gedacht, er hat vielleicht was beobachtet.»

«Kowalski?»

«Ja, verdammt noch mal – Kowalski! Der ist doch fast jede Nacht unterwegs.»

Gebhardt schwieg.

Gächter untersuchte Kowalskis Lager. In dem schmalen Zimmer standen zwei Betten, ein Tisch, drei Stühle und zwei Schränke. Die Wände waren mit Landschaftsbildchen aus Kalendern und mit Fotos nackter Mädchen aus Illustrierten geschmückt.

«Ist das Kowalskis Schrank?» fragte Gächter.

Gebhardt nickte. Gächter versuchte den Schrank zu öffnen.

«Bitte», sagte Gebhardt, «auch Nichtseßhafte haben ihre Rechte!»

Gächter packte die Schranktür am oberen Rand mit der rechten Hand und stemmte das linke Knie gegen den Rahmen. Das Holz knarrte und krachte. Das Schloß splitterte heraus, die Tür sprang auf.

Der Schrank war leer.

Gächter drehte sich um und sah Gebhardt aus zusammengekniffenen Augen an. «Sieht so aus, als sei Herr Kowalski abgereist.

Gebhardt hob die Schultern. «Ich kann's mir nicht erklären ...»

«Hat er seinen Lohn schon abgeholt?» fragte Bienzle.

Gebhardt zögerte und sagte dann etwas zu schnell: «Seinen Lohn, ja, ja. Aber sicher. Ich hab mich noch gewundert. Er hat mich nämlich noch in meiner Privatwohnung gestört, deshalb.»

Bienzle stand auf. «Zeigen Sie mir die Abrechnung.»

«Was, bitte?»

«Die Lohnabrechnung. Kowalski muß doch quittiert haben.»

«Wie bitte? Ach so, Sie meinen ... Nein, das hat er nicht. Wir wollten das gleich am Montag früh machen.»

Gächter wandte sich an den Zimmergenossen Kowalskis.

«Ist das üblich – ich meine, daß ihr Geld kriegt und erst später quittiert?»

«Ja, eigentlich ...» Der Mann sah ängstlich zu Gebhardt hinüber und klappte den Mund zu.

«Das ist oberfaul», sagte Gächter und trat dicht an Gebhardt heran. «Das stinkt, Herr Direktor.»

Im Hintergrund lachten ein paar der Männer.

«Ruhe!» brüllte Gebhardt.

«Wir verlieren hier bloß Zeit», sagte Bienzle. «Komm, laß uns die Fahndung rausgeben. Morgen ist auch noch ein Tag.»

Die Männer zogen sich in ihre Zimmer zurück. Der, der den Raum mit Kowalski geteilt hatte, zupfte Gächter am Ärmel und flüsterte: «Er hatte 'ne Menge Geld, und er ist mit dem Fahrrad vom Chef los.»

Bienzle sagte: «Kann ich hier mal telefonieren?»

«Draußen ist eine Zelle», knurrte Gebhardt. Im gleichen Augenblick klingelte irgendwo im Haus ein Telefon. Gebhardt reagierte nicht.

«Wollen Sie nicht rangehen?» fragte Bienzle.

«Nein. Nicht um diese Zeit.»

«Und wenn's der Pressler ist? Oder der Steinhilber?»

Die Wirkung dieses Satzes war ungeheuer. Die Augenlider Gebhardts begannen zu flattern, seine Lippen zitterten, er machte einen Schritt zur Wand und hielt sich für einen Augenblick am Rahmen der Tür zu Kowalskis Zimmer fest. Gächter beobachtete ihn.

«Es dauert nicht mehr lang, Herr Gebhardt, dann haben wir Sie.»

Bienzle wunderte sich ein wenig, daß Gächter nicht sofort nachstieß.

Das Telefon hörte auf zu klingeln.

Bienzle und Gächter gingen die Treppe hinunter. Gebhardt stand oben; seine Hände umschlossen das Geländer. Er schaute ihnen nach, bis die schwere Haustür ins Schloß fiel.

14

Hannelore hatte das Mädchen mit auf ihr Zimmer genommen. Sie hatte ein Bad eingelassen und eines ihrer eigenen Kleider herausgelegt. Jetzt lag das Mädchen ausgestreckt in der Wanne.

«Wie heißen Sie denn?» fragte Hannelore.

«Ursula Neuner. Ich wohn drüben in Großvorderbach.»

«Sie brauchen jetzt gar nichts zu erzählen; entspannen Sie sich.»

«Sie sind die Frau vom Kommissar, gell?»

«Die Freundin, ja.»

«Ich find, Sie passen gar nicht zu dem.»

«Warum?»

«Der ist doch so riesig, und ... Na ja, dünn ist er auch nicht grade.»

Hannelore mußte lachen. «Kommt's denn darauf an?»

Ursula schüttete sich mit beiden Händen Wasser ins Gesicht. Als sie prustend wieder aufschaute, fragte sie: «Werden Sie ihn heiraten?»

«Ich weiß nicht; vielleicht ... Aber das braucht er jetzt noch nicht zu wissen. Er war übrigens schon mal verheiratet.»

«Aha.» Ursula ließ sich ganz tief ins Wasser gleiten. «Wie haben Sie ihn denn kennengelernt?»

«Den Kommissar?» Hannelore wunderte sich über die naive Neugier in dieser Situation. «Bei einem seiner Fälle. Mein damaliger Chef war darin verwickelt ... Das heißt, so kann man es eigentlich nicht sagen; er war das Opfer. Er ist ermordet worden.»

«Ooh!» Das Mädchen richtete sich in der Wanne auf.

«Der Bienzle kam damals zu mir ins Büro – ich war da Sekretärin bei einem Juwelier. Später hat er mich in meiner Wohnung besucht, und da wurde auf mich geschossen.»

Ursula schien ihre eigenen Probleme vergessen zu haben. «Geschossen?»

«Ja. Es ging mir ziemlich dreckig. Ich lag in der Klinik, und der Bienzle hat mich jeden Tag besucht. Na ja, und eines Tages hat er mich geküßt.»

«Einfach so?»

«Ja, einfach so.» Hannelore lächelte. «Ich konnte mich ja nicht wehren, weil ich hilflos im Bett lag.»

«Wollten Sie denn? Sich wehren, mein ich.»

«Nein, das wollte ich nicht.»

«Ich könnt mit keinem Polizisten zusammenleben.»

«Wieso? Das sind doch Menschen wie andere auch.»

«Bloß daß sie immer mit raushängender Zunge hinter Verbrechern herrennen.»

«Na, so ganz stimmt das aber nicht.»

Ursula stützte sich mit beiden Händen auf den Wannenrand und stemmte sich hoch. Hannelore reichte ihr ein Badetuch. Das Mädchen hatte eine makellose Figur. Hannelore war ein wenig neidisch.

«Ob er den Kerl findet, Ihr Kommissar?»

«Kommt drauf an. Er weiß ja noch nichts über ihn», sagte Hannelore vorsichtig.

«Ein widerlicher Kerl. Und gestunken hat er ... Der Jürgen hat mal zu mir gesagt, wenn's einer bei dir versucht, mit Gewalt, dann mußt du dich einfach entspannen und genießen.» Sie schüttelte sich angeekelt. «Keine Ahnung hat der, dieser geile Bock!»

«Jürgen? Meinen Sie den jungen Pressler?»

Sie nickte.

«Kennen Sie den Herrn Pressler gut?»

«Wie man's nimmt. Er hat's bei mir versucht. Und wenn er nicht so ein Schürzenjäger wäre ... Eigentlich schade.»

«Aber gewalttätig ist der doch nicht?»

«Ein bißchen grob, aber nicht gewalttätig.» Ursula streifte Hannelores maigrünes Sommerkleid über den Kopf. Es stand ihr ausgezeichnet. «Wie sieht denn das aus, ohne BH?» fragte sie und drehte sich kokett vor dem kleinen Spiegel über dem Waschbecken.

«Den brauchen Sie doch sowieso nicht.»

«Da sollten Sie mal meine Mutter hören!»

«Wie alt sind Sie?» fragte Hannelore.

«Neunzehn.»

«Da könnt ja ich Ihre Mutter sein!»

«Sie? Sie sind doch höchstens fünfunddreißig.»

«Nicht mehr ganz.» Hannelore hatte sich neben Ursula gestellt und schaute ihr über die Schulter in den Spiegel. Sie waren genau gleich groß.

«Was hätten Sie denn an meiner Stelle getan?» fragte Ursula.

Hannelore schauderte zusammen. «Ich weiß es nicht. Letztes Jahr haben mich mal ein paar Gangster als Geisel genommen, um den Bienzle zu etwas zu zwingen. Da war's nahe dran. Ich war wie abgestorben, wie zu Eis erstarrt. Ich glaube, ich hätte nicht mal schreien können.»

«Und trotzdem bleiben Sie bei ihm?»

«Ich mag ja nicht seinen Beruf. Ich mag den Bienzle.»

Es klopfte an der Tür. Hannelore öffnete.

«Wie sieht's aus?» fragte Bienzle.

«Sie hat sich wieder gefangen. Ich hab ihre Mutter angerufen. Heute nacht kann sie hierbleiben.»

«Wo?»
«Na hier, bei mir!»
«Und ich?»
«Du schläfst bei Gächter. Die Wirtin hat das zweite Bett in seinem Zimmer neu bezogen.»
«Was – ich soll ...?»
«Es geht nicht anders!» sagte Hannelore sehr bestimmt.
Gächter, der hinter Bienzle aufgetaucht war, seufzte. «Schnarchst du?»
«Ich glaub nicht», sagte Bienzle.
«Und ob er schnarcht!» rief Hannelore fröhlich und drückte die Tür zu.
«Wenn ich nicht schlafen kann, bring ich dich um!» knurrte Gächter.
«Da kann man mal wieder sehen, was es für Mordmotive gibt», stellte Bienzle fest. Er klopfte noch einmal.
Hannelore streckte ihren Kopf heraus.
«Meine Zahnbürste und einen Gutnachtkuß», sagte er.
Er bekam beides.

Als Sonntagsfrühstück gab es weiche Eier, Schinken und einen Hefekranz. Sie saßen zu viert um den hübsch gedeckten Tisch – Bienzle, Hannelore, Gächter und Ursula –, und obwohl sie alle nur wenig geschlafen hatten, war die Stimmung gelöst.
«Man muß Sie bewundern», sagte Bienzle zu Ursula. «Sie haben das für's erste ganz gut weggesteckt.»
«Es ist ja nicht ...» Sie zögerte. «Es ist ja nicht zum Letzten gekommen.»
Gächter kam plötzlich eine Idee. Als Bienzle zur Toilette ging, folgte er ihm, was Hannelore zu dem Kommentar veranlaßte: «Sonst gehen doch immer nur die Frauen zu zweit.»
«Was ist», fragte Gächter, während sie nebeneinander vor den Pinkelbecken standen, «wenn das Ganze eine Finte ist?»
«Wie sollte die denn funktionieren?»
«Na ja, die beiden ersten Morde waren ja nach unserer vorläufigen Meinung nicht unbedingt Sexualdelikte. Zumindest der zweite nicht. Gehen wir theoretisch mal davon aus, daß irgendwer die bei-

den Mädchen zum Schweigen bringen wollte. Er hat aber damit gerechnet, daß seine Tat als Lustmord betrachtet wird. Um die aufkommenden Zweifel zu zerstreuen, fingierte er nun eine echte Vergewaltigung, verstehst du?»

«Oder er hat's mit der Ursula verabredet; was aber bedeuten würde ... daß diese Ursula eine glänzende Schauspielerin ist, ja. Das würde auch erklären, warum sie so leicht darüber wegkommt.»

Bienzle wandte sich überrascht Gächter zu und hätte ihm dabei beinahe ans Hosenbein gepinkelt.

«Mensch, paß doch auf!» knurrte Gächter.

«Also, völlig abwegig klingt das nicht», meinte Bienzle schließlich.

Wieder zurück im Gastraum, fragte Gächter Ursula: «Hat der Mann Sie irgendwie bedroht – hatte er eine Waffe?»

«Nein, das nicht.»

«War er betrunken?»

«Das kann man wohl sagen!»

«Glauben Sie, daß es einer vom Eichenhof war?»

Sie sah ihn verwundert an. «Ja, woher denn sonst?»

«Sie sind also sicher?»

«Ich hab ja sein Gesicht nicht gesehen.»

«War er groß?»

«Nicht viel größer als ich. Und er hatte einen Bart.»

Hannelore mischte sich ein. «Wir sollten Ursula nicht zu sehr belasten.»

«Auf mich macht sie einen ganz stabilen Eindruck», sagte Gächter, aber er ließ dann doch davon ab, weiter zu fragen.

Man beschloß, gemeinsam nach Großvorderbach zu wandern, um Ursula nach Hause zu begleiten. Als sie das *Rössle* verließen, läuteten gerade die Kirchenglocken zum Gottesdienst. Mehr als zwanzig Leute waren es nicht, die in die Kirche gingen.

Als sie beim Mühlbauer vorbeikamen, saßen Vater, Sohn und der Knecht Kasparczek im Vorgärtchen um einen runden, weiß gestrichenen Eisentisch und spielten Skat. Bienzle trat an den Gartenzaun und wartete, bis sie ausgereizt hatten. Alle drei nickten freundlich zu ihm herüber.

«Wenn einer den Gottlieb sieht», sagte Bienzle, «er soll sich mal mit mir in Verbindung setzen.» Ohne eine Antwort abzuwarten, ging er schnell den anderen nach.

Hannelore hatte Ursulas Mutter erzählt, das Mädchen sei vom Fahrrad gestürzt, mitten in eine Brombeerhecke. Die Mutter hatte davon kein Wort geglaubt, wie sich jetzt herausstellte. Sie war eine hagere, etwa fünfzigjährige Frau mit zerschundenen Händen. Das graue Haar hatte sie in einem Knoten im Nacken zusammengesteckt. Über einem schlichten dunklen Kleid trug sie eine weiße Schürze. Sie stand oben an der schmalen Treppe, die zur Haustür führte. Ursula stieg hinauf und fing sofort zwei knallharte Ohrfeigen.

«Ha no, ha no!» machte Bienzle.

«Sie soll um zehn daheim sein», sagte die Mutter scharf, «und keine Minute später!»

«Aber Ihre Tochter ist volljährig», wandte Hannelore ein.

«Sie wohnt bei mir, und sie ißt bei mir!»

Bienzle stieg die drei Stufen hinauf und sah der Frau ins Gesicht. «Sie habet's net leicht, gell!»

«Was geht Sie das an?»

«Nix. Aber i seh's auf da erschte Blick.»

«Ich bin Witwe – da hat man's von vornherein schwer.»

«Und dann sind Sie auch noch a Reig'schmeckte, net wahr?»

«Ja ... Manchmal weiß ich nicht, was hier schlimmer ist – eine Fremde zu sein oder Witwe.»

«Und was hält Sie hier?»

«Absolut nichts, aber mich zieht's auch nicht woandershin.»

Bienzle fuhr sich durchs Haar. «Was halten Sie denn davon, Frau Neuner, wenn wir heute abend alle miteinander nachtessen? Ich lad Sie ein.»

Die Frau starrte ihn völlig perplex an. Hannelore war neben Ursula getreten und hatte einen Arm um ihre Schultern gelegt.

«Ja, wo denn?» fragte die Frau.

«Vielleicht drunte in Murrhardt, in der *Sonne-Post*?»

«Da bin ich noch nie gewesen.»

«Na also, dann wird's doch Zeit ... Wir holen Sie mit dem Wagen ab.»

«Aber nein – ich weiß nicht ... Wer sind Sie überhaupt?»

«Das hat Ihnen doch Frau Schmiedinger sicher heute nacht am Telefon gesagt.»

«Ach so, freilich.»

«Also, abgemacht?» fragte Bienzle freundlich, und Hannelore flüsterte Ursula ins Ohr: «Sehen Sie, das zum Beispiel mag ich an ihm.»

Bienzle hatte beschlossen, daß an diesem herrlichen Sommer-Sonntag nichts mehr geschehen würde. Er hatte im Sägewerk und im Eichenhof seine Zeitbomben gelegt. Nach Kowalski und nach Steinhilber alias Fortenbacher wurde gefahndet. Und Gottlieb Pressler würde sich melden, wenn es ihm beliebte. Es gab Zeiten, da mußte man warten können, und selten war ihm das so leichtgefallen, wie heute. Gächter hatte es übernommen, in der Polizeiwache auf eventuelle Fahndungsergebnisse zu warten und dort den Bericht über die bisherigen Recherchen zu tippen. Aber er hatte die Schreibarbeit dann doch verschoben, weil er in Sparczek einen excellenten Schachpartner entdeckte.

Ernst Bienzle und Hannelore wanderten gut zwanzig Kilometer durch den Mainhardter Wald, ohne einem Menschen zu begegnen. Als sie, versteckt hinter Erlensträuchern und Farnbüschen ein breites Moosbett fanden, holten sie nach, was sie in der Nacht versäumt hatten. Einen Augenblick nur mußte Bienzle dabei an Josef Kowalski denken, aber er verdrängte diese Überlegung schnell und erfolgreich.

Frau Neuner hatte ihr bestes Kleid angezogen, ihre Haare gelöst und in akkurate Locken gelegt. Ursula trug noch immer Hannelores Kleid. Gächter hatte einen Tisch bestellt. Es kostete Hannelore viel Mühe, Frau Neuner davon abzubringen, das billigste Gericht zu bestellen. Schließlich sagte Bienzle:

«Lassen Sie mich das Essen zusammenstellen!»

Und während er mit Sorgfalt und Kennerschaft das Menü auswählte, spürte er Hannelores Hand auf seinem rechten Bein, eine kleine Liebeserklärung signalisierend.

Als Frau Neuner zwei Gläser Beutelsbacher Trollinger mit Lemberger getrunken hatte, löste sich ihre Zunge. Ihr Mann sei 1979 bei einem Arbeitsunfall ums Leben gekommen.

«Er war im Straßenbau. Maschinist», sagte sie stolz. Ganz schwere Bagger habe er gefahren. Und dann sei er unter einem zusammenstürzenden Gerüst begraben worden, das ohne die notwendigen Sicherheitsvorkehrungen hochgezogen worden sei. Die Berufsgenossenschaft zahle zwar und die Rentenversicherung auch; sie habe ihr Auskommen. Aber das ersetze nun mal nicht den Mann. Und mit der Tochter werde sie allein eben auch nicht fertig.

Hannelore sagte: «Vielleicht sollten Sie das auch gar nicht mehr versuchen – sie ist doch inzwischen alt genug.»

«Und wenn sie irgend so einem Kerl in die Hände fällt?»

Einen Augenblick lang herrschte betretenes Schweigen.

Gächter, der den ganzen Abend noch nichts gesagt hatte, sah Ursula durchdringend an. Sie war rot geworden bis hinter die Ohren. «Das können Sie mit Strenge sicher auch nicht verhindern», sagte er zu Ursulas Mutter und zerdrückte sein Eis zu Mus, als ob er eine Wut auf die Nachspeise habe.

Frau Neuner sah ihn ratlos an. Und Bienzle sagte:

«Wir wollen uns den schönen Abend nicht verderben.» Er bestellte Kaffee und für jeden einen Cognac. Den Protest von Frau Neuner, deren Gesicht jetzt leicht gerötet war und richtig hübsch aussah, ignorierte er.

Und dann wurde die Idylle doch noch gestört. Plötzlich stand Sparczek am Tisch. Er hatte ein Fernschreiben in der Hand.

«Hat das nicht Zeit bis morgen?» fragte Bienzle ärgerlich.

Wortlos legte Sparczek den Zettel hin. Bienzle las:

Kowalski in Stuttgart festgenommen.

Er sah auf und sagte: «Wir bringen Frau Neuner und ihre Tochter nun nach Hause, und dann fahr ich mit dir nach Stuttgart, Hannelore.»

15

Kowalski war nicht wiederzuerkennen. Er trug einen eleganten taubenblauen Anzug mit Weste, dazu eine leuchtend rote Krawatte und spitze durchbrochene Schuhe. Und er war frisch rasiert. Als Bienzle das Vernehmungszimmer betrat, ging der einstige Kumpel gleich in die Offensive.

«Was glauben Sie eigentlich, wer ich bin, woll? Irgend so ein hergelaufener Kerl?»

Bienzle sah ihn blinzelnd an. «Hmm», machte er, «da bin ich mir jetzt tatsächlich nicht mehr so sicher.»

«Also, dann sorgen Sie dafür, daß ich hier wieder rauskomme, aber ruckzuck!»

«Das entscheidet nachher der Haftrichter.»

«Und warum bin ich überhaupt eingelocht, hä?»

«Im Zweifel, weil Sie ein Spanner sind, was ich dem Richter jederzeit glaubhaft machen kann.»

«Pipifax», sagte Kowalski und wandte sich demonstrativ dem vergitterten Fenster zu.

Bienzle mußte lächeln. «Kleider machen Leute, was, Josef?»

«Duzen Sie mich nicht! Wir haben noch keine Schweine miteinander gehütet, woll?»

«Aber zusammen gesoffen und Tatorte inspiziert; das ist mindestens genauso gut.»

«Ich will hier raus und weiter nischt.»

«Wo haben Sie den Anzug her?»

«Gekauft.»

«Was – am Sonntag?»

Kowalski schwieg.

«Ist der vielleicht aus Gebhardts Kleiderschrank?»

«Ich wohn bei 'nem Freund, wenn Sie's genau wissen müssen, und der hat so ziemlich genau meine Figur.»

«Gut», sagte Bienzle, «freut mich für Sie. Und jetzt zur Sache: Sie haben Vorderbach ziemlich überstürzt verlassen, und zwar gestern nacht – etwa eine Stunde, nachdem ein neunzehnjähriges Mädchen überfallen worden ist.»

«Mir hängen Sie nichts an!»

«Das hab ich auch gar nicht vor. Alles, wofür Sie bestraft werden, beweise ich Ihnen vorher.»

«Na, dann beweisen Se mal!»

Bienzle merkte, daß er so nicht weiterkam. Er zündete sich ein Zigarillo an und überlegte. Schließlich sagte er: «Ich wär bereit, ein Geschäft mit Ihnen zu machen.»

«Na, laß mal hören!» Josef Kowalski sah Bienzle mit hochgezogenen Augenbrauen an.

«Ich will nicht wissen, wer Ihnen das Geld gegeben hat, Josef, und ich könnte vergessen, was Sie mir erzählt haben – das, was Sie ‹Kintopp› nennen. Ja, vielleicht würde ich dem Richter sogar sagen, daß Sie nicht unmittelbar als Täter bei der versuchten Vergewaltigung gestern abend in Frage kommen – das alles müßte ich ja tun, wenn ich Sie freikriegen wollte. Sonst aber sitzen Sie womöglich ein paar Monate in Stammheim ... So weit, so gut.»

«So weit, so schlecht!»

«Wie auch immer. Aber umsonst mach ich das nicht», sagte Bienzle; «umsonst ist der Tod, das weißt du. Also: Der Preis sind ein paar Informationen. Die, die du zurückgehalten hast.»

Kowalski legte den Kopf schief und musterte Bienzle. «Du bist ein schwäbisches Schlitzohr, Kommissar.»

«Davon kannst du ruhig mal ausgehen, ja!»

Kowalski zog eine Zigarette heraus und ließ sich von Bienzle Feuer geben; dann ging er in dem schmalen Vernehmungszimmer auf und ab, während Bienzle unbeweglich auf seinem Stuhl sitzen blieb.

«Nehmen wir mal an, ich sage: Da draußen auf dem Eichenhof gibt es außer der Schmiedewerkstatt und den Holzwerkstätten auch noch 'n paar Räume, von denen keiner was ahnt, weil die schon längst nicht mehr benutzt werden. Aber dann kommt ein Neunmalkluger und benutzt sie wieder ...»

Bienzle sah Kowalski ungläubig an. «Klingt, als ob du was erfinden würdest, Josef.»

«Is mir egal, wie's klingt. Auf jeden Fall – wenn ich noch 'n paar Tage im Eichenhof gewesen wär, dann wär ich vollends dahintergekommen, was da so läuft.»

«Und damit du nicht dahinter kommst, hat dich der Gebhardt abgeschoben?» Bienzle glaubte ihm kein Wort.

«So isses, Chef!»

Bienzle stand auf und ging Richtung Tür. «Ich wollte keine Geschichten hören, egal wie gut erfunden sie sind. Ich brauche *Informationen*, Josef Kowalski.»

«Jetzt biete *ich* ein Geschäft an, Bulle!» Kowalski versperrte Bienzle den Weg zur Tür. «Du kuckst mal ganz genau, ob ich nicht vielleicht doch wat Richtiges gesagt habe. Und wenn es stimmt, was ich sage, holste mich hier raus!»

Bienzle sah den anderen überrascht an.

«Ja, kuck mich nich so an – ist doch fair, oder?»

«Mhm!» machte Bienzle.

«Also, was is?»

«Einverstanden.»

Kowalski gab den Weg frei.

Es war schon nach Mitternacht, als Bienzle in Hannelores kleine Wohnung kam. Er war müde, verwirrt und niedergeschlagen. Hannelore machte ein paar belegte Brote und entkorkte eine Flasche Rotwein. Sie sprachen nicht viel. Ernst Bienzle sagte überhaupt nur einen Satz, und der war noch nicht einmal vollständig:

«Wenn ich dich nicht hätte ...»

Hannelore mußte früh aus dem Haus. Bienzle schlief noch fest, als sie ein letztes Mal ins Schlafzimmer hineinschaute und danach die Tür sehr behutsam hinter sich zuzog.

Geweckt wurde er durch ein Klingeln an der Wohnungstür. Er fand seinen Bademantel nicht, zog einen Morgenrock von Hannelore an, aber sofort wieder aus, als er merkte, daß der allenfalls seine Schulterblätter bedeckte. Schließlich stieg er in seine Cordhosen, die verknautscht auf einem Stuhl am Bettende lagen, und tapste zur Tür. Draußen stand ein lächelnder alter Mann, braungebrannt, in einem abgetragenen Anzug.

Bienzle rieb sich die Augen. «Moment, sagen Sie mal nichts, lassen Sie mich nachdenken ... Sie müssen der Gottlieb Pressler sein!»

Das Lächeln wurde intensiver. «Ich hab Sie geweckt.»

«Richtig.»

«Es ist schon fast zehn Uhr!»

«Ich hab ein Defizit.»

«Mhm», sagte der alte Pressler, «das kann ich mir vorstellen.»

«Kommen Sie!»

Pressler folgte Bienzle in die Küche. Auf der Kaffeemaschine stand eine halbvolle Kanne. Hannelore hatte auch ein Tablett mit Wurst und Käse und geschnittenem Brot hergerichtet.

Die beiden Männer nahmen an dem schmalen Tischchen auf zwei Stühlen mit geflochtenen Sitzflächen Platz. Bienzle goß unaufgefordert auch für Pressler ein und schob ihm das Brot zu, aber sein Gast hatte bereits gefrühstückt.

«Also?» fragte Bienzle.

«Sie wollten mich sprechen, hab ich gehört.»

«Wie haben Sie mich eigentlich gefunden?»

«Spielt das eine Rolle?»

«Nein, aber erzählen Sie einfach Ihre Geschichte, dann kann ich weiter frühstücken.»

«Die ist schnell erzählt. Vor drei Jahren habe ich mich selbständig gemacht.»

«Ich dachte, das waren Sie immer.»

«Ich war selbständiger Unternehmer, aber kein selbständiger Mensch ... Na ja, Sie wissen das ja sicher schon. Irgendwann hab ich begriffen, daß alles sinnlos wird, wenn wir zulassen, daß mitten im Schwäbischen Wald Raketen mit atomaren Sprengköpfen deponiert werden. Ich war ja mal im Gemeinderat und auch im Kreistag, und ich hab natürlich die ganzen Standortdiskussionen mitbekommen. Und weil's mich interessiert hat, hab ich auch nachgefragt. Ich war sogar in Amerika, um mich über die Risiken zu informieren. Als man mir dort erklärte, man wolle die Gefahren vermindern, indem man die Raketen immer mal wieder von einem Standort zum anderen verlagern werde, hatte ich so eine Art Vision: Jede Woche oder auch jeden Monat – ist ja egal, wie oft – fahren lange Fahrzeugkolonnen zwischen Schwäbisch Gmünd, Lorch, Mainhardt und Murrhardt hin und her, auf ihren Lafetten diese schlanken Metalldinger, von denen ein einziges eine ganze Region zerstören kann ... Nee, hab ich da gedacht, dazu geb ich meine Hand nicht her. Als ich wieder zurück war, hab ich im Kreistag darüber referiert. Die Sitzung war öffentlich. Zwar haben die Zeitungen, wie sagt man, sehr ‹zurückhaltend› darüber berichtet, aber da gibt's ja inzwischen auch solche alternativen Blätter, und die haben das natürlich aufgegriffen und seitenlang wiedergegeben. Und dann kamen die natürlich auch zu mir. Junge Leute; nicht alle sympathisch, aber die meisten doch idealistisch. Sie wollten mich gleich zur Galionsfigur machen, aber dafür eigne ich mich nun auch wieder nicht. Und außerdem: Viele von denen leben in der Sünde.»

«Wie bitte?» Bienzle glaubte sich verhört zu haben.

«Ja, ja – in der Sünde! Es ist schlimm, wenn Menschen manchmal das Richtige denken, aber falsch leben – ich meine, in Sünde leben ...» Seine Augen bekamen einen listigen Ausdruck. «Da ich ziemlich genau wußte, wo die Raketenbunker hin sollten, hab ich angefangen, da und dort ein Stück Wald zu kaufen. Der Landrat ließ mich kommen und drohte mit dem Zeigefinger. Er hat geglaubt, ich spekuliere, ich kauf das Gelände billig auf, um es dann an die Amis oder den Bund teuer wieder zu verschachern. Aber ich sagte ihm auf den Kopf zu, daß ich die Waldareale nur gekauft hatte, um eine Stationierung zu verhindern. Da erst wurde er richtig sauer und schimpfte mich einen politischen Dummkopf ... Wahrscheinlich war ich ja auch einer. Und ein geschäftlicher dazu. Ich hatte Wald gekauft, mit dem ich praktisch nichts anfangen konnte. Aber so viel Wald, wie ich hätte kaufen müssen, um die Aufstellung der Raketen bei uns unmöglich zu machen – so viel konnte ich gar nicht kaufen.

Tja, und dann hab ich ja auch noch einen Sohn und eine Tochter. Der Sohn – Sie kennen ihn ja – und der Mann von der Tochter hatten eigene Pläne. Sie wollten expandieren und hatten sich da auch schon auf eine Beteiligung bei einer Gesellschaft eingelassen, die am Amazonas Schlagrechte erwerben wollte. Nun bin ich allerdings der Meinung, daß man dort nur ganz behutsam abholzen sollte. Es reicht, wenn wir hier den Wald kaputtmachen. Ich stellte mich also quer. Und jetzt tat sich der Jürgen mit dem Landrat zusammen. Für die zwei war klar, daß ich nicht mehr normal war. Mein Herr Sohn rannte zu einem Psychiater. Eines Tages kam er und sagte, der Mann wolle mich kennenlernen. Ich hielt das Ganze für Unfug. Und natürlich ging ich nicht hin. Daß dieser Mensch aber als Freund meines Sohnes in die Familie eingeschleust wurde, entging mir. Er schrieb ein wunderschönes Gutachten, ‹Exogene Schizophrenie›, und mein Sohn rannte damit zum Gericht. Ich wollte mich einem solchen Verfahren gar nicht erst stellen. Womöglich war ich tatsächlich verrückt. Aber wenn ich's war, wollte ich's auf gar keinen Fall wissen. Also schnürte ich mein Bündel, marschierte zu unseren Banken – das machte ich in einer Woche, als mein Sohn dringend Ferien auf den Bahamas verbringen mußte –, ließ mir soviel Geld geben, wie ich locker machen konnte, und legte es fest an. Fragen Sie mich nicht wo, sonst muß ich Ihnen sagen, daß es nicht so ganz legal untergebracht ist. Ein bißchen illegal, aber absolut krisenfest.» Er kicherte leise. «Es hat sogar ganz schön Junge gekriegt, das Geld.»

Bienzle hatte ihm aufmerksam zugehört und dabei mehr gegessen, als für ihn gut war. «Und dann sind Sie auf die Walz», sagte er jetzt.

«Ja. Ich hab mir einen alten Jugendtraum erfüllt. Obwohl, wenn ich ehrlich bin – echt ist das ja nicht. Ein Tippelbruder, der jederzeit Geld in beliebiger Höhe abheben könnte ... Aber ich hab's nicht getan. Ich hab genauso wie alle anderen gebettelt, im Park, im Wald oder im Obdachlosenasyl geschlafen und gelernt, wie man sich durchschlägt.»

Bienzle nickte. «Und warum sind Sie jetzt zurückgekommen?»

«Weil ich glaubte, ich könnte meinen Sohn retten.» Da war wieder dieses seltsame Pathos.

«Und?»

«Was und?»

«Können Sie es? Ihn retten?»

«Ich hoffe es.»

«Es gibt zwei Morde in Vorderbach.»

«Aber damit hat doch der Jürgen nichts zu tun!»

«Sind Sie da sicher?»

«Ja, da bin ich sicher.»

«Jetzt mal langsam!» Bienzle goß noch einmal Kaffee nach. «Sind Sie sicher, daß er die Morde nicht begangen hat, oder sind Sie sicher, daß er nichts damit zu tun gehabt hat?»

«Er würde einen Mord nicht begehen und auch keinen zulassen.»

«Es sind aber Konstellationen denkbar, bei denen er gar nicht gefragt worden sein muß.»

Gottlieb Pressler wirkte plötzlich sehr viel älter. «Bitte», sagte er leise, «bitte, sagen Sie so etwas nicht. Es wär doch auch meine Schuld.»

«Natürlich.»

«Lieber wär ich tot.»

«Das glaub ich gern.» Bienzle konnte im Augenblick kein Mitleid mit diesem Mann empfinden.

«Haben Sie eine Ahnung, was das für mich bedeuten würde?»

Bienzle sah ihm in die Augen. «Das würde bedeuten, daß Sie alles, alles, falsch gemacht haben.»

Er fühlte sich nicht wohl, als er diesen Satz aussprach, aber er war sich auch sicher, daß er es tun mußte. Erstens dachte er wirklich so, und zweitens war er überzeugt davon, daß er sich jetzt nicht mehr mit halben Auskünften und unvollständigen Eingeständnissen abspeisen lassen durfte.

Gottlieb Pressler wollte nach der Tasse greifen, ließ es aber sein, weil seine Hand zitterte.

«Gestern morgen», sagte Bienzle, «war ich bei Ihrer Frau und Ihrem Sohn, als Ihre Nachricht kam. Die Hand Ihres Sohnes hat genauso gezittert, als er nach der Kaffeetasse griff.»

Pressler hatte die Ellbogen auf seinen Schenkeln abgestützt. Sein Kopf hing auf der Brust.

Bienzle fuhr fort: «Als Jürgen las, daß das Geld noch da ist – was glauben Sie wohl, hat er gedacht?»

«Wie er dran kommt ...»

«Eben.»

«Was eben?»

«Überlegen Sie doch mal: Wo zwei Morde geschehen sind und wahrscheinlich ein dritter versucht wurde, da denkt man schon mal drüber nach, wie man mit diesem Mittel weiterkommt. Und wenn's der eigene Vater ist.»

Presslers Kopf fuhr in die Höhe. «Sie Verleumder!» schrie er, und plötzlich war wieder Kraft in seiner Stimme.

«Sieben Millionen sind viel Geld ...» Bienzle war bemüht, ungerührt zu wirken. «Und sie verdoppeln sich sozusagen, wenn man selber tief in den Schulden steckt und schon andere Straftaten begangen hat, um diese Schulden loszuwerden.»

«Wollen Sie damit sagen ...»

Bienzle ließ ihn nicht ausreden. «Ihr Herr Sohn, Ihr Herr Schwiegersohn und dieser Gebhardt vom Eichenhof treiben ein ganz böses Spiel!» Es war ihm klar, daß er den Mund sehr voll genommen hatte – das waren Vermutungen, die er einstweilen nicht beweisen konnte. Aber er wollte den anderen aus der Reserve locken.

Gottlieb wandte den Blick ab und starrte aus dem Fenster auf den sanft ansteigenden Wiesenhang. Zwei Amseln balgten sich um einen Wurm.

«Was soll ich tun?» fragte der Alte endlich.

Bienzle überlegte einen Augenblick. «Was halten Sie davon, wenn Sie zusammen mit mir zurückfahren nach Vorderbach und sich offen mit Ihrer Frau und Ihrem Sohn aussprechen?»

Endlich lächelte der Alte wieder. «Das Gleichnis vom verlorenen Vater?»

«Mir ist's egal, wie Sie's nennen.»

«Da würde aber mehr Mut dazugehören als zum Weglaufen.»

«Das glaub ich gern.»

«Lassen Sie mir noch ein paar Tage Zeit. Und – bitte – sagen Sie meiner Frau einen Gruß.»

Pressler war so schnell draußen, daß Bienzle nicht einmal mehr auf Wiedersehen sagen konnte.

16

«Und wie hat er dich gefunden?» fragte Gächter.

«Das hab ich ihn auch gefragt. Er hat zurückgefragt, ob's eine Rolle spielt. Und es spielt wirklich keine. Außerdem weiß das ganze Dorf mittlerweile, wie Hannelore und ich heißen und daß wir in Stuttgart leben. Und wir stehen beide im Telefonbuch ... Was ist jetzt mit dem Hausdurchsuchungsbefehl?»

«Den hab ich natürlich nicht bekommen. Der Richter sah mich ganz komisch an. Mit welcher Begründung? hat er gefragt; nur weil ein Alkoholiker und Pennbruder behauptet, da sei was im Keller oder sonstwo versteckt? – Von meinem Einbruch in das Haus konnte ich ja nichts sagen ... Wenn wir wenigstens diesen Steinhilber finden würden!»

«Ich will dir was sagen, Ernst – der Fall ist vergeigt!»

«Nur wer nicht arbeitet, macht keine Fehler», brummte Bienzle.

«Na, immerhin hat dein Selbstbewußtsein nicht gelitten. Mir ist übrigens nicht klar, was in deinem Gehirn vorgeht. Glaubst du vielleicht, der Gebhardt hält den Mörder in irgendeinem Keller gefangen?»

Bienzle sah auf. «Bisher hab ich eigentlich gar nichts gedacht, außer daß wir das Haus mal auf den Kopf stellen sollten. Zum Beispiel möchte ich wissen, was dieser Steinhilber oder Fortenbacher in den beiden Taschen hatte ... Daß dort was faul sein muß, ist doch klar!»

«Du greifst nach jedem Strohhalm. Wir haben zwei Leichen und keinen Mörder, aber eine ganze Handvoll mehr oder weniger Verdächtiger, denen wir nichts nachweisen können ...» Gächter zählte auf: «Nummer eins: Kowalski, der Spanner; Nummer zwei: Jürgen Pressler, der Schürzenjäger; Nummer drei: Kasparczek, der Vorbestrafte; Nummer vier: Steinhilber, der mit dem zweiten Namen. Fingerabdrücke gibt's nicht – die gibt's auf Stoffen oder auf menschlicher Haut sowieso selten; andere Spuren gibt's auch nicht, außer einem Perlmutt-Messer, das Kasparczek gehört und mit dem wir praktisch nichts anfangen können ... Das wäre nicht der erste Fall, den wir ungeklärt zu den Akten legen müssen.»

Bienzle kniff die Augen zusammen. «Einen solchen Fall legt man nicht zu den Akten.»

«Wart's ab!» sagte Gächter gleichmütig.

Sie saßen auf der Polizeiwache in Großvorderbach, und Sparczek hatte die ganze Zeit über wie versteinert zugehört. Für ihn zerbrach eine Welt: Der Nesenbach-Maigret ein Versager!

«Mach dir doch nichts draus», sagte Gächter zu Bienzle, «hatten wir schon jemals einen Fall, in dem das Labor noch nicht einmal die Spur von einer Spur ans Tageslicht brachte?»

«Nicht oft», gab Bienzle zu.

Sparczek hüstelte und brachte sich so in Erinnerung. «Diese

Neuner, die Ursula ... Wenn die nun nur eine Rolle gespielt hat? Dann müßte man der doch vielleicht mal die Daumenschrauben anlegen.»

Gächter nickte anerkennend. «Das wäre ein Weg ...»

Bienzle nickte ebenfalls. «Morgen», sagte er. «Aber zuerst will ich wissen, was im Eichenhof vor sich geht. Wie man reinkommt, weiß ich ja.»

Sparczek sah Bienzle ungläubig an. «Sie wollen wirklich ...?»

«Ungewöhnliche Fälle zwingen einen manchmal zu ungewöhnlichen Maßnahmen», sagte Gächter belehrend.

«Aber doch nicht zu ungesetzlichen!»

Bienzle sagte müde: «Im Grundsatz haben Sie recht, Herr Sparczek.»

«Und Sie wollen es trotzdem tun?»

Bienzle nickte.

Und Gächter sagte: «Und Sie, verehrter Kollege, werden uns den Rücken decken – heute nacht und auch in Zukunft, daß das klar ist.»

Sparczek wollte protestieren.

Aber Gächter sagte lächelnd: «Sollten wir Erfolg haben, werden wir Ihnen Ihren Teil ganz sicher zusprechen.» Sparczek wollte schon lange weg aus Vorderbach, und Gächter schien das zu wissen. «Das Landeskriminalamt braucht Nachwuchs, Herr Kollege!»

Bienzle ließ sich von Gächter beim Mühlbauer absetzen, aber er blieb nur kurz am Zaun stehen und überlegte es sich dann anders. Kasparczek, der hinter dem Vorhang stand und den Kommissar beobachtete, atmete erleichtert auf.

Der Weg war Bienzle nun schon vertraut. Und auch diesmal stieg er die Treppen zum Bungalow der Presslers sehr langsam hinauf, um oben bei Atem zu sein, falls er gleich jemand begegnen sollte. Er traf Frau Pressler an, die auf der Terrasse saß und strickte.

Bienzle hielt sich nicht lange mit der Begründung auf. «Ich hab Ihren Mann gesprochen.»

Sie sah zu ihm auf, aber ihren Blick konnte er nicht deuten. Freute sie sich, oder ängstigte sie sich?

«Er hat mich gebeten, Ihnen einen Gruß zu bestellen. Er wird zurückkehren, falls ...» Bienzle ließ den Satz in der Luft hängen.

«Falls was?»

«Falls Ihr Sohn keinen Fehler macht.»

«Was für Fehler sollte er machen?»

Bienzle hob die Schultern. «Ich weiß es nicht so genau. Wissen Sie, ich glaube, Ihr Mann hat große Angst um ihn.»

«Wenn er jetzt Angst haben muß, dann hat das auch sehr viel mit seinem eigenen Verhalten zu tun.»

«Das hab ich ihm auch gesagt – so ungefähr wenigstens.»

«Wirklich?»

«Ja, Ihr Mann – wissen Sie, er wirkt irgendwie ... Also, trotz seines Alters ... Wie alt ist er überhaupt?»

«Siebenundsechzig.»

«Also, trotz dieses Alters wirkt er so seltsam ... naiv, unreif – ich weiß auch nicht. Andererseits wünscht man sich aber auch oft, daß andere Leute auch etwas davon haben sollten.»

«Von seiner Unreife?»

«Ja und von seiner Naivität. Die Menschen sind heute immer so bemüht, perfekt zu funktionieren ... Ach was; ich will nicht philosophieren. Mir ist dieser Mann unheimlich und sympathisch zugleich. Ich glaub, ich kann ihn verstehen, und Sie und sogar Ihren Sohn.»

«Entschuldigen Sie, aber das klingt nun für mich ziemlich unreif.»

Bienzle lachte. «Das muß ich akzeptieren.»

«Überhaupt wollte ich Sie mal fragen, was Sie hier eigentlich machen?»

Er sah sie überrascht an und begegnete einem ernsten Blick. «Was ich hier mache?»

«Ja ... Sie gehen herum, reden mit den Leuten, warten, schauen, was passiert – aber Sie unternehmen nichts. Ihre Arbeit hat irgendwie nichts ... nichts Zielgerichtetes, ja? Wie kann ein Polizist ein Verbrechen aufklären – ein Verbrechen, das ja ganz zielgerichtet begangen worden ist – und selber nur so ... so, na – mit der Stange im Nebel rumstochern?»

Ernst Bienzle lächelte. «Ich will Ihnen mal was sagen, Frau Pressler: Genau das gleiche frag ich mich auch oft. Und wenn ich dann am Ende einen Fall aufgeklärt habe, frag ich mich's noch mal. Aber dann sag ich mir immer: Die Aufklärung eines Verbrechens kann man eben doch nicht genauso betreiben wie ein Verbrechen. Und im übrigen: Um mich herum gibt's so viele Leute, die methodisch vorgehen, daß ich mir ein bißchen Intuition schon leisten kann ... Verbrecher sind in aller Regel ungewöhnliche Menschen, und denen kommt man am Ende mit gewöhnlichen Methoden doch nicht bei.»

«Sie reden mich schwindlig!» Frau Pressler legte ihr Strickzeug weg.

«Entschuldigung», murmelte Bienzle. Erst jetzt, wo das Gespräch eigentlich beendet war, setzte er sich. «Ob ich vielleicht ein Bier bekommen könnte?»

«Oh, ich bin wirklich unaufmerksam.» Sie trippelte davon und kam gleich darauf mit einem Tablett zurück, auf dem eine Flasche Bier und ein Glas standen.

Bienzle schenkte sich bedächtig ein und fragte dabei leise: «Warum haben Sie mir nicht gesagt, daß Ihr Mann bei Ihnen war?»

«Hat er das gesagt?»

«Nein.»

«Woher wissen Sie es dann?»

Bienzle trank den Bierschaum ab und sah sie an: «Wenn er nicht schon bei Ihnen gewesen wäre, hätten Sie mir tausend Fragen gestellt: Wie geht's ihm? Wie sieht er aus? Ist er gesund? Hat er nach mir gefragt?» Er trank mit dem ersten Zug fast das ganze Glas leer.

«Ich glaube, ich habe Ihnen unrecht getan», sagte sie.

«Ach ja?»

«Ja. Sie stochern nicht mit der Stange im Nebel herum, Sie machen den Nebel selber, damit Sie ihn im richtigen Augenblick zerreißen können.»

«Also, er war da?»

«Ja!»

«Und hat er Ihnen gesagt, daß er sich vor Jürgen fürchtet?»

«Nicht vor Jürgen. Vor den anderen ...»

«Welchen anderen?»

«Ich weiß es nicht. Er hat nur gesagt, der Jürgen ist in schlechte Gesellschaft geraten ... Und er hat auch gesagt, daß er sich dafür schuldig fühlt.»

«Der alte Gauner!»

Frau Pressler richtete sich auf. «Was haben Sie gesagt?»

Bienzle sah sie ruhig an. «Ich habe gesagt, der alte Gauner ... Der kokettiert doch auf Teufel komm raus. Alles, was er in den letzten Jahren gemacht hat, war Koketterie. Mit Ausnahme seines Einsatzes gegen die Raketen, und da ist er sich auch nicht treu geblieben. Da ist er lieber Tippelbruder geworden, als es schwierig wurde.»

«Wenn's Koketterie wäre ... Aber leider ist es mehr. Er ist so sonderbar geworden. Und auch – ja, ich muß es sagen – verwahrlost.»

«O du liabs Herrgöttle vo Biberach ...!» stöhnte Bienzle. Er trank sein Bier aus und gab Frau Pressler die Hand. «Wir müssen nur aufpassen», sagte er, «daß wir Ursache und Wirkung nicht verwechseln.»

Als er durch das Sägewerk ging, sah er den kleinen Peter, der Sägemehl in einen Sack füllte.

«Was machst du denn damit?» fragte er.

«Des isch für mei Katz», antwortete der Bub.

«Und was macht dei Katz damit?»

Der Junge mußte lachen. «Wisset Sie des net? Die scheißt da rei!»

«Ach so», sagte Bienzle.

Er ging über die Brücke und, ohne zu wissen, wohin er führte, einen steilen, tannengesäumten Weg hinauf. Der Weg wurde schmaler und war bald nur noch ein Trampelpfad. Und plötzlich sah Bienzle eine Walderdbeere leuchten. Er bückte sich und entdeckte eine Menge andere. Eine Erdbeere führte ihn zur nächsten. Er schlug sich durch das Gestrüpp junger Tännchen, blieb in Brombeerdornen hängen, aber er sammelte weiter, bis seine rechte Hand mit den kleinen roten Beeren gefüllt war. Mit einem Schwung warf er sie alle in den Mund.

Er stand auf einer Lichtung und sah sich um, weil er die Orientierung verloren hatte.

Die Lichtung lag auf einem vorgelagerten Hügel. Er wollte bis zum Rand gehen, um vielleicht durch einen Blick ins Tal festzustellen, wo er war. Unter ihm lag das Sägewerk. Von hier aus hatte man einen kompletten Überblick – fast wie auf einer Luftaufnahme. Fasziniert schaute Bienzle hinab auf die akkurat geschichteten Bretterstapel; die Menschen, die dazwischen umherliefen, waren klein wie Ameisen und verhielten sich auch so. Pressler hatte seine Leute offensichtlich gut gezogen. Bienzle lehnte sich an einen Buchenstamm, um das Bild ganz in sich aufzunehmen. Was mochten die Bretter wert sein, die da gelagert waren?

Ein Bretterstapel zog seine Aufmerksamkeit auf sich. Alle anderen hatten oben eine glatte, gelbbraune Fläche, aber dort beulte sich etwas Dunkelbraunes aus ... Bienzle hatte keine besonders guten Augen, aber eine zweckorientierte Phantasie. Und deshalb formte sich sofort eine Kombination in seinem Gehirn: ‹Die Bretterstapel liegen Jahre. Niemand kann auf sie draufsehen. Wenn ich jemand da unten umbringen würde und schnell verschwinden lassen müßte – könnte ich den nicht mit dem Hebekran auf den höchsten Bretterstapel heben und dort liegenlassen, bis er in der Sonne und im Wind, im Regen und im Frost verwest ist, daß nur noch ein paar Knochen übrigbleiben? In sechs, vielleicht in sieben Jahren wird der Stapel abgebaut, und wer will dann noch beweisen, wer der oder die Tote war?

Bienzle nahm den direkten Weg zum Tal. Er schlug sich durch den dichten Tannenwald. Einen Augenblick lang erinnerte er sich an die Zeit, als er so alt war wie der kleine Peter. Der Wald, in dem er sich damals herumgetrieben hatte, war so ähnlich gewesen wie dieser Wald hier ... Er ließ sich immer wieder gegen mächtige Stämme fallen, visierte den nächsten Baum an, gab der Schwerkraft nach und fing sich wieder auf.

Als er das Tal erreichte, war er außer Atem, und er war sich nicht mehr sicher, was er auf dem Holzstapel gesehen – ja, ob er überhaupt etwas gesehen hatte. Er verfolgte die Sache nur weiter, weil er sich nun einmal die Lage des Stapels genau eingeprägt hatte.

Er suchte den jungen Pressler, aber der war nirgends zu finden. Der einzige, den er hier kannte, war der alte Mühlbauer, und der wies auf Bienzles Bitte einen jungen Italiener an, mit dem Gleiskran an den Stapel heranzufahren.

Die Greifer erfaßten das oberste Brett und hoben es langsam ab. Der Kran hatte ziemlich genau in der Mitte zugepackt, aber das Brett senkte sich sofort nach der vorderen Seite. Ein unförmiges

Gebilde rutschte herab und landete mit einem häßlichen *Pflop* neben Bienzle.

«Na, Gott sei Dank!» murmelte Bienzle.

«Wofür?» fragte der alte Mühlbauer.

«Gott sei Dank», wiederholte Bienzle, «eine Leiche ist es nicht.»

Es waren zwei große Ledertaschen, die in ein Stück Segeltuch gewickelt waren. Bienzle wußte wohl, daß es jetzt richtig gewesen wäre, nichts anzufassen und ein paar Kollegen von der Spurensicherung zu rufen. Aber dafür war seine Neugierde zu groß. Er riß die erste Tasche auf.

«Mamma mia!» rief der Mann, der den Kran bediente. Er hatte gesehen, was in der Tasche war: Geld. Geldscheine in sehr großen Mengen.

Die andere Tasche enthielt Druckplatten.

Bienzle fuhr sich durchs Haar. Das war keine Intuition gewesen, sondern nichts weiter als Glück. Einen Augenblick lang dachte er darüber nach, wie viele kriminalistische Erfolge wohl nichts weiter waren als derartige Glücksfälle.

Eine Stunde später waren die Kollegen von der Spurensicherung da. Und diesmal brauchte er keine richterliche Durchsuchungsanordnung; er konnte sich darauf berufen, daß Verdunkelungsgefahr vorlag.

Aber die Kollegen fanden weder im Sägewerk etwas noch im Bungalow, was zu den Druckplatten und den daraus entstandenen Blüten gepaßt hätte.

Besser zu Bienzles Fund paßte, daß Pressler nirgendwo zu finden war.

Jetzt hätte Bienzle wohl eine Durchsuchungsanordnung für den Eichenhof bekommen; er hätte dem Richter glaubhaft versichern können, daß er die beiden Taschen eines Nachts in den Händen von Steinhilber, alias Fortenbacher, gesehen hatte, als dieser das Rehabilitationsheim betrat.

Aber jetzt wollte der Kommissar nicht mehr. Vielmehr: Er wollte die Aktion so durchführen, wie er sie geplant hatte.

Niemand soll sagen, daß nicht die meisten Männer, die Polizisten werden, es werden, weil sie früher Indianer gespielt haben – dieser

Satz gehörte zu Bienzles Standardsprüchen, wenn er nicht mehr ganz nüchtern war.

Gächter nannte das kürzer: Spiele der Erwachsenen.

Bienzle war froh, daß die Zeit zwischen Planung und Beginn dieses Erwachsenenspiels durch die Ereignisse im Sägewerk angenehm verkürzt wurde.

Gächter, der ziemlich spät auf der Bildfläche erschien, berichtete Bienzle, daß Ursula Neuner zwar bei ihrer Version geblieben sei, daß er ihr aber kein Wort glaube. Und Bienzle meinte:

«Wenn sie bei dir nicht umgefallen ist, stimmt ihre Version.»

Gächter grinste. «Wenn ich weiß, über wen ich mich mehr ärgere, über sie oder über dich, weiß ich auch, ob sie lügt oder die Wahrheit sagt.»

Bienzle sah ihn an: «Das muß am Sommer liegen, daß nüchterne Leut am hellichten Tag so kluge Sachen sagen, als ob sie betrunken wären.»

17

Am späten Nachmittag suchte Bienzle den Kasparczek auf. Der große, hagere Mann zog in der Scheune an einem Seil, das über eine Rolle am First lief, Heuballen auf den oberen Boden, wo der junge Mühlbauer stand, um das Heu fachgerecht aufzuschichten.

«Ich kann jetzt nicht unterbrechen», sagte Kasparczek.

Bienzle setzte sich auf einen der Ballen, wollte sich ein Zigarillo anzünden, ließ es aber sofort sein, als Kasparczek mit dem Kopf auf das trockene Heu wies.

«Wie lang waren Sie auf dem Eichenhof?»

«Grade acht Wochen.»

«Wissen Sie, ob's dort so was wie eine Druckerei gibt?»

«Es muß mal eine gegeben haben, denn früher haben die dort ein Mitteilungsblatt selber gedruckt.»

«Und eine Gravieranstalt?»

«Keine Ahnung. Glaub ich aber kaum.»

«Und wo war die Druckerei?»

«Ich bin nie dringewesen. Irgendwo im Untergeschoß vermutlich.» Kasparczek drückte den zangenartigen Greiferarm tief ins nächste Heubündel und zog kräftig am Seil.

«Wie lange werden Sie hierbleiben?» fragte Bienzle.

Kasparczek hielt das Seil mit einem Ruck an.

«Was ist denn?» schrie der Mühlbauer oben.

«Ich denke, daß ich im Herbst gehe», sagte Kasparczek leise.

«Und warum?»

«Ich kann hier nicht atmen, so gut die Luft auch ist.» Kasparczek packte wieder zu und zog weiter.

Der Ballen war oben angekommen. Kasparczek ließ das Seil los und klopfte den Staub von den Händen. Bienzle fiel auf, wie schmal und feingliedrig sie waren.

«Keine Bauernhände», stellte er fest. Plötzlich wurde ihm bewußt, daß er diesem Mann immer alles geglaubt hatte. Warum war da eigentlich nie ein Mißtrauen ...»

«Was haben Sie gesagt?» Kasparczek musterte den Kommissar aufmerksam.

«Ach, nicht von Bedeutung.»

Der Doppelhaken kam pendelnd wieder herunter. Einen Augenblick lang schwebte er bedrohlich über Bienzles Kopf; dann griff Kasparczek schon sicher und schnell zu, um das Eisen erneut in einen Heuballen zu schlagen.

Bienzle hatte vorgehabt, sich noch ein wenig auszuruhen. Aber bevor er sich aufs Bett legte, rief er seine Dienststelle an. Ein Jammer, daß der flinke Haußmann im Urlaub war.

Gollhofer meldete sich. «Wie läuft's, Chef?»

«Ich glaub, 's geht vorwärts ... Passen Sie auf, Gollhofer, der folgende Name muß im BKA-Computer sein: Franz Kasparczek, etwa dreißig, einsneunzig groß, schlank, vorbestraft wegen Totschlag.»

Es dauerte ein paar Minuten; dann berichtete Gollhofer: «Da haben wir ihn: Kasparczek Franz, geboren am 21. September 1952 in Essen, zuletzt wohnhaft in Vorderbach, Eichenhof ...»

«Und davor?»

«In Hannover, Einsteinstraße 148.»

«Irgendwelche Angaben zur Person?»

«Ledig, evangelisch, Beruf: Graveur, später umgeschult als Landwirt – wenn ich das recht sehe, während der Haft. Er hat übrigens viereinhalb Jahre gekriegt und nicht ganz vier davon abgesessen.»

Bienzle legte den Hörer auf. Schneller hätte das der Haußmann auch nicht geschafft ... Er wählte erneut, ließ den Hörer aber wieder auf die Gabel sinken, noch ehe er die letzte Zahl ganz gedreht hatte. Ächzend erhob er sich und ging aus dem Zimmer.

In der Scheune beim Mühlbauer herrschte jetzt Ruhe. Bienzle sah den jungen Bauern im Stall. Von Kasparczek keine Spur.

Der Kommissar machte einen weiten Bogen um die Wirtschaftsgebäude und betrat das Wohnhaus. Es war sehr still; nur eine Katze, die hinter ihm durch die Tür geschlüpft war, maunzte leise. Bienzle stieg langsam die Treppe hinauf.

Seine Augen hatten sich inzwischen an die Dunkelheit im Haus gewöhnt. Im ersten Stock lief parallel zur Treppe ein Gang; rechts wurde er von einem kunstvoll gedrechselten Geländer begrenzt, links waren drei Türen.

Bienzle horchte. Hinter der zweiten Tür glaubte er Geräusche zu hören. Er drückte die Klinke nieder und stieß die Tür auf.

Kasparczek stand mit dem Rücken zur Tür über einen Koffer gebeugt, in den er sorgfältig zusammengelegte Wäsche gestapelt hatte.

«Sie verreisen?»

Kasparczek hatte sich ruhig umgedreht. Er trug jetzt einen schmal geschnittenen zweireihigen Anzug in Braun mit schwarzen Nadelstreifen.

«Ja, ich muß nach Hannover; eine Familienangelegenheit.»

Bienzle lehnte sich mit dem Bauch gegen das hohe Fußende des altmodischen Bettes. «Warum haben Sie mir nicht gesagt, daß Sie Graveur sind?»

«Weil ich den Beruf seit zehn Jahren schon nicht mehr ausübe.»

«Gar nicht mehr?»

Kasparczek schlug den Deckel seines Koffers zu. «Haben Sie einen Verdacht, Herr Kommissar?»

«Ich habe gestern zwei Taschen gefunden. In der einen war Geld, sehr viel Geld – allerdings gefälschtes. In der anderen waren die Druckplatten ... Hervorragende Arbeit übrigens.»

«Jetzt will ich Ihnen mal etwas sagen!» Kasparczek trat dicht an Bienzle heran. «Ich habe nie in meinem Leben eine falsche Banknote besessen.»

«Das hab ich auch nicht behauptet.»

Kasparczek sah den Kommissar verwundert an. Dann nickte er. «Sie spielen wieder mal die Katze, und ich bin die Maus, was?»

«Sagen Sie die Wahrheit, Kasparczek.»

«Ich habe Sie nicht angelogen.»

«Aber Sie haben die Wahrheit zurückgehalten. Ich frage Sie jetzt ganz präzise: Haben Sie die Platten für die Fünfzig- und die Hundertmarkscheine graviert?»

«Die Platten ...» Kasparczek hob die Hände. «Ja, ich habe sie graviert.»

«Für wen?»

«Für Gebhardt.»

«Freiwillig oder unter Druck?»

«Seltsam, daß Sie das fragen ...»

«Und die Antwort?»

«Unter starkem psychischem Druck.»

«Sie wirken eigentlich nicht so, als ob man Sie so leicht aus der Fassung bringen könnte.»

Kasparczek lächelte. «Sie haben's ja auch ein paarmal beinahe geschafft.»

«Wenn ich wüßte, daß ...» Bienzle unterbrach sich und setzte neu an: «Wer hat davon gewußt?»

«Ich habe niemand etwas davon verraten.»

«Auch Elke Maier nicht?»

«Ganz bestimmt nicht.»

Bienzle ging um das Bett herum und trommelte mit den Fingerkuppen auf dem Kofferdeckel. «Wie gut haben Sie Renate Häberlein gekannt?»

«Zu gut, glaube ich.»

«Warum?»

«Sie hat mir völlig überraschend sehr eindeutig Avancen gemacht.»

«Als Sie noch auf dem Eichenhof waren?»
«Das war ja das Sonderbare.»
Bienzle hörte auf zu trommeln. «Hatten Sie das Gefühl, daß sie etwas von Ihnen wollte – ich meine, außer mit Ihnen zu schlafen?»
«Ja, exakt das war es.»
«Sie glauben, daß man das Mädchen auf Sie angesetzt hat?»
«Ich weiß es. Damals hatte mich Gebhardt in ein Einzelzimmer eingewiesen. Nicht aus humanitären Gründen, sondern damit ich ungestört arbeiten konnte ... Eines Abends kam Renate zu mir. Sie hatte sich durch die Waschküche eingeschlichen.»
Bienzle grinste. «Ich kenn den Weg.»
«Es war schon nach Mitternacht. Ich arbeitete an der Schwarzplatte – der letzten. Damit hoffte ich, mich freikaufen zu können.»
«Freikaufen?»
«Ja; ich hätte alles getan, um dort wieder rauszukommen. Ein bißchen Geld und meine Freiheit, mehr wollte ich nicht.
Ich arbeitete wie besessen an den Gravuren. Ich wollte raus. Gebhardt hatte meine Papiere weggeschlossen und mich selbst die meiste Zeit eingesperrt ... Ich litt sehr unter der Isolierung. Alle meine Ängste aus der Haftzeit kehrten wieder. Es war schrecklich. Eines Nachts bekam ich einen fürchterlichen Tobsuchtsanfall. Ich zertrümmerte das halbe Mobiliar in meinem Zimmer. Von da an setzte er mich wohl unter Drogen. Ich kann's nicht beschwören, aber meine Arbeitskraft erlahmte; ich schlief bis zu sechzehn Stunden am Stück und fühlte mich wie von lauter Watte umgeben.»
«Aber die Platten wurden fertig?»
«War ja nur noch die Schwarzform.»
«Zurück zu dem Mädchen ...»
«Ja, an jenem Abend verführte sie mich. Es war wunderbar ... Danach schlief ich sofort ein. Als ich noch mal kurz wach wurde, sah ich sie an meinem Arbeitstisch. Sie hatte die Platten ausgewikkelt, ich packte sie immer in das weiche Saugpostpapier, mit dem ich die Andrucke machte. Ich konnte sehen, wie sie die Platten studierte und ein paar der Papierbogen an sich nahm.»
«Und Sie konnten nichts dagegen tun?»
«Ich lag da wie gelähmt. Ich spürte auch, daß ich die Lippen bewegte, aber es kam kein Ton heraus. Ich denke mir, die Wirkung

von irgendwelchen Drogen verstärkte sich im Erschlaffungszustand nach ... nach dem Beischlaf. Ich weiß nicht, aber es war so. Ich hab nicht einmal mehr mitgekriegt, wie sie ging.

Am nächsten Tag konnte ich genau rekonstruieren, welche Blätter fehlten.

Wer die in die Hände bekam und auch nur ein wenig Ahnung von der Materie hatte, konnte sich leicht zusammenreimen, woran ich arbeitete.»

«Und wer, glauben Sie, hat das Mädchen geschickt?»

«Ich kann nur vermuten, daß es Pressler war.»

«Und danach kam die Häberlein sicher nie wieder.»

«Im Gegenteil, sie kam regelmäßig. Ja, sie zeigte sich demonstrativ mit mir und tat ganz besonders verliebt, wenn Gebhardt in der Nähe war ... Sie war es auch, die mich mit dem Mühlbauer zusammengebracht hat. Als ich dann dort in Stellung ging, hat sie mich fallenlassen. Es war gerade so, als ob sie an mir nur interessiert gewesen wäre, solange ich auf dem Eichenhof war.»

«Das könnte immerhin sein.»

«Aber warum?»

Bienzle zuckte die Achseln. «Das werden wir sicher bald erfahren.»

«Und was wird jetzt mit mir?»

«Sie wollten abreisen, weil Sie ahnten, daß wir die Falschgeldgeschichte mit der Zeit so oder so ans Licht bringen würden?»

«Natürlich.»

«Tja ... Ich muß Sie festnehmen, aber ich verspreche Ihnen, daß ich alles tun werde, um nachzuweisen, daß Sie unter physischem und psychischem Druck gehandelt haben. Und jeder Richter wird mir glauben, daß Sie sehr kooperativ waren. Das bringt in aller Regel einen Bonus.»

«Ich gehe aber nicht wieder in den Knast.»

Bienzle wollte sagen, es wird bestimmt gar nicht so schlimm. Aber er spürte, wie verlogen das gewesen wäre. Statt dessen sagte er: «Es gibt den sogenannten Verfolgungszwang für uns Polizisten. Wenn wir von einem Vergehen oder einem Verbrechen erfahren, wie auch immer, müssen wir den Schuldigen suchen und dem Gericht zuführen.»

«Mich sieht kein Gefängnis mehr!»

«Vielleicht kommt's ja gar nicht soweit. Ich nehme Sie nur vorläufig fest; der Haftrichter wird dann entscheiden.»

Kasparczek rannte den Kommissar einfach über den Haufen. Er hatte seinen Koffer gegriffen, die rechte Schulter vorgeschoben und sich mit erstaunlicher Wucht gegen Bienzles Brustkorb geworfen, noch ehe der reagieren konnte. Bienzle verlor das Gleichgewicht, taumelte gegen die Wand, und dann schlug Kasparczek auch schon die Tür hinter sich zu.

Bienzle spürte, wie eine ohnmächtige Wut in ihm aufstieg. Er stürmte durch das Treppenhaus, riß die Haustür auf und brüllte:

«Kasparczek!»

Dann erkannte er die Situation. Der Graveur stand am Gartentor mit dem Rücken zu Bienzle. Sein Koffer lag neben ihm gegen den Zaun gekippt. Vor ihm stand Gächter mit entsicherter Waffe.

«Einer wie ich hat immer Pech», hörte Bienzle Kasparczek leise sagen.

Bienzle sah Gächter fast ärgerlich an. «Wo kommst du denn her?»

«Ich war bei Sparczek auf dem Revier und hab mit Gollhofer telefoniert. Er hat mir gesagt, was er dir schon erzählt hat. Und, na ja – zwei und zwei zusammenzählen kann ich auch.»

Gächter verfrachtete seinen Gefangenen auf dem Rücksitz des Dienstwagens, Bienzle nahm übelgelaunt neben Kasparczek Platz.

Auf der kurzen Strecke nach Großvorderbach sprach keiner. Bienzle warf gelegentlich einen Blick zu seinem Nachbarn hinüber. Kasparczek saß steif aufgerichtet da. Sein Gesicht war wächsern weiß. Seine Lippen zitterten.

«Wo ist denn hier das zuständige Gericht?» fragte Gächter.

«Das muß ich auch erst fragen», sagte Bienzle. Sie waren vor der Polizeiwache ausgestiegen. Bienzle hatte Kasparczeks Koffer genommen. Gächter führte ihn am Arm ins Haus.

Sparczek musterte das Trio verwundert. «Meinen Sie wirklich, daß der Kasparczek ...»

«Ich hab hier ein Amt und keine Meinung», entgegnete Bienzle barsch. «Je schneller wir ihn dem Haftrichter vorführen, um so eher ist er vielleicht wieder draußen.»

«Ich beeile mich, aber ich brauche Ihren Bericht.»

«Das auch noch!»

Bienzle verkroch sich in einen kleinen Nebenraum und tippte mit zwei Fingern auf einer uralten Schreibmaschine Kasparczeks Aussage. Dann ging er zu ihm in die Haftzelle.

«Lesen Sie das bitte durch und unterschreiben Sie!»

Kasparczek sah den Text gar nicht an, sondern kritzelte nur seinen Namen darunter.

«Ich versprech Ihnen ...» begann Bienzle.

«Ach, lassen Sie's. Würden Sie bitte dem alten Mühlbauer Bescheid sagen?»

«Klar, mach ich.»

Auf der Rückfahrt sagte Gächter: «Ich beschaff uns eine Durchsuchungsanordnung für den Eichenhof.»

«Wenn der Gebhardt hört, daß wir den Kasparczek überführt haben, läßt er alles verschwinden, falls er das nicht sowieso schon getan hat.»

«Jaaa ... wenn er wirklich hinter dem allen steckt ...»

«Hast du da noch Zweifel?»

«Ein ungutes Gefühl hab ich.»

Bienzle sah seinen Freund von der Seite an. «*Du* hast ein *Gefühl*?»

«Wir sollten jedenfalls sofort hinfahren.»

«Aber beim Mühlbauer machen wir kurz halt.»

«Von mir aus.»

Nach einer Weile sagte Bienzle: «Sieh dich doch mal um – die reine Idylle ... Ein kleines Dorf, Wälder und Wiesen, Bauern und kleine Arbeiter; man könnte doch meinen, hier sei die Welt noch in Ordnung ... Aber nix ischt in Ordnung, überhaupt nix!»

Der alte Mühlbauer lief aufgeregt um sein Haus herum und rief nach Franz Kasparczek.

«Haben Sie ihn gesehen?» fragte er Bienzle, als der aus dem Polizeiwagen stieg.

«Mhm ...» Bienzle nickte und nahm umständlich ein Zigarillo aus dem Blechschächtelchen. «Wir haben ihn festnehmen müssen.»

«Den Kasparczek? Der ischt onschuldig!»

Bienzle sah überrascht auf. Das Wort ‹unschuldig› überraschte ihn bei dem Alten. «Er hat aber zugebe, daß er Platte für Falschgeld g'macht hat. Früher mal ischt der Kasparczek Graveur g'wese.»

«Da hätt ich doch auch was davon merke müsse!»

«Net hier – drübe em Eichenhof.»

«Dann hat er's net freiwillig g'macht.»

«Genau darum geht's», sagte Bienzle; «aber bis des klar bewiese ischt, bleibt der Kasparczek ei'gschperrt.»

«Die Kleine hängt mr, ond die Große läßt mr laufe.»

«I net», sagte Bienzle schlicht und schwang sich wieder auf den Beifahrersitz.

18

Es war kurz nach sechs, als Bienzle und Gächter im Eichenhof ankamen. Einige Insassen hockten an langen Tischen im Hof und klönten. Bienzle grüßte und ging voraus ins Haus.

Gebhardt saß in seinem Büro über Abrechnungen gebeugt. Bienzle hatte nicht angeklopft. Grußlos setzte er sich dem Direktor gegenüber in einen Besucherstuhl, an dessen Armlehnen die Farbe abgeblättert war. Gächter nahm seine Lieblingsposition ein. Er lehnte sich gegen den Türbalken und schob einen Zahnstocher, den er aus der Jackentasche gezogen hatte, zwischen die Lippen.

«Wir haben Kowalski», sagte Bienzle. «Er sagt, Sie betreiben eine Fälscherwerkstatt im Keller.»

Gebhardt sah auf. «Guten Tag erst mal ... Hat das der Kowalski wirklich behauptet?»

Bienzle ging nicht näher darauf ein. «Wir mußten auch Franz Kasparczek festnehmen.»

Gebhardt zeigte keine Wirkung.

«Er hat gestanden, in Ihrem Auftrag Druckplatten hergestellt zu haben.»

«Das stimmt.»

«Sie geben's zu?»

«Was gibt's da zuzugeben? Wir haben früher in der Druckerei

unser eigenes Mitteilungsblatt hergestellt. Kasparczek hat ein paar Klischees angefertigt.»

Bienzle spielte seinen letzten Trumpf aus: «Wir haben zwei Taschen gefunden. Die eine enthält Falschgeld, die andere alle dafür notwendigen Druckplatten.»

Gebhardt lächelte. «Aber doch wohl nicht hier, oder?»

«Es dürfte sich ja mittlerweile bis zu Ihnen herumgesprochen haben, daß die Taschen auf einem Bretterstapel in Presslers Sägewerk versteckt waren.»

«Ich habe davon gehört», sagte Gebhardt obenhin. «Nur eines verstehe ich nicht – was soll ich damit zu tun haben?»

«Letzten Freitag fand hier in diesem Büro ein Treff statt: Pressler, Steinhilber – alias Fortenbacher – und Sie ... Ich nehme nicht an, daß Sie das bestreiten.»

«Aber nein! Ich bitte Sie – wir hatten eine wichtige Besprechung: Wir wollen hier in der Holzverarbeitung endlich ein Stück weiterkommen. Pressler stellt uns Maschinen zur Verfügung, und Steinhilber soll den Vertrieb organisieren.»

Bienzle hatte plötzlich ein ziemlich flaues Gefühl. Er sah förmlich, wie ihm die Felle davonschwammen. Dieser Mann war sich seiner Sache entweder ganz sicher, oder er hatte für seine aalglatte Darstellung den Oscar verdient.

«Hat Steinhilber denn irgendwelche Abnehmer gefunden?» fragte Gächter.

«Aber ja; eine Spielwarenfabrik in der Schweiz ... Er hat ohnehin viel in der Schweiz zu tun.»

«Geld waschen, was?» fragte Gächter.

«Was bedeutet das?»

«Ich hätt's mir denken können, daß Sie so ahnungslos sind», sagte Gächter. «Aber ich erklär's Ihnen gern noch mal: Man nimmt einen Packen Falschgeld, verkauft ihn im Verhältnis zwei zu eins an einen Profi, der dann die Blüten geschickt in den Geldverkehr einschleust.»

«Interessant!»

Bienzle wäre beinahe geplatzt. Nur mit Mühe konnte er an sich halten und mit verhältnismäßig ruhiger Stimme sagen: «Wir würden uns gern mal gründlich im Haus umsehen.»

«Aber bitte – alle Türen stehen Ihnen offen.»

Die Überraschung war Gebhardt geglückt. Bienzle und Gächter starrten ihn gleichermaßen perplex an.

«Ich gebe Ihnen einen Mann mit, der sich auskennt», sagte Gebhardt, und sein Gesicht verriet deutlich, daß er seiner Sache sicher war.

Ein junger Mann, wahrscheinlich ein Ersatzdienstler, führte Gächter und Bienzle ins Untergeschoß. Schwache Birnen gaben nur wenig Licht. Bienzle erkannte den Zugang zur Waschküche. Der Weg führte über eine weitere Treppe in ein modrig riechendes Kellergeschoß hinunter. Die Wände waren feucht; der Schimmel bildete Flächen mit unregelmäßigen Rändern.

Der junge Mann legte am Fuß und am oberen Rand einer Bohlentür zwei Hebel um. Eine Neonlampe flackerte auf und begann dann leise zu summen und ein helles Licht abzustrahlen.

Der Raum wirkte aufgeräumt. Dicht unter der Decke befand sich ein kleines vergittertes Fenster. Darunter stand ein Mettagetisch mit zahllosen Fächern, in denen sauber geordnet Bleibuchstaben lagen. Links schlossen sich zwei Waschbecken an. Darüber warnte ein gelbes Schild mit roter Schrift: *Vorsicht bei Säuren!*

Zwei große Holztische waren gegeneinandergestellt. Sie waren blank gescheuert.

Wenn hier in letzter Zeit gearbeitet worden war, waren alle Spuren gründlich beseitigt.

«Mehr is nich», sagte der junge Mann.

«Ist das der einzige Raum hier unten?»

«Nein, es gibt noch zwei oder gar drei andere, soviel ich weiß; ich war da noch nie drin.»

Bienzle schoß ein Gedanke durch den Kopf. «Schau du dich mal weiter um», sagte er zu Gächter; «ich bin gleich wieder da.»

Daß Gebhardt sie so widerstandslos in den Keller hatte gehen lassen, konnte verschiedene Gründe haben. Einer davon war womöglich, daß er ungestört sein wollte. Bienzle hastete die ausgetretenen Stufen hinauf und durch den engen Korridor. Die Tür vor der nächsten Treppe war verschlossen. Als sie heruntergestiegen waren, hatte er nicht einmal bemerkt, daß da eine Tür gewesen war.

«Gächter!» brüllte Bienzle und rannte zurück. «Wir sind eingesperrt!»

«Das kann doch nicht wahr sein!» sagte der junge Mann.

Gächter war in die ehemalige Druckerei zurückgegangen. Er fixierte das vergitterte Fenster über dem Mettagetisch. «Auf geht's!» sagte er; «wenn wir auf den Tisch steigen und ich auf deine Schultern klettere, geht's vielleicht.»

Der Tisch ächzte unter dem Gewicht der beiden Männer. Bienzle ging in die Hocke, und Gächter stieg auf seine Schultern. Prustend richtete sich Bienzle auf. Gächter stieß mit dem Kopf an die gewölbte Decke. Das Gitter hatte einen Riegel, der mit einem rostigen Vorhängeschloß gesichert war.

«Ich brauch einen Hammer!»

Der junge Mann kramte in Schubladen und Kisten. Er fand eine Rohrzange.

«Auch gut», rief Gächter, «aber Beeilung!»

Der junge Mann warf ihm die Zange zu. Gächter verwendete sie als Hammer. Mit drei Schlägen hatte er das Vorhängeschloß aufgesprengt. Der Riegel ließ sich auch nur mit Hilfe der Zange öffnen, aber dann schwang das Gitter wie von selbst nach außen auf.

In diesem Augenblick begann der Tisch unter dem Gewicht langsam nachzugeben; seine vier Beine rutschten synchron nach den Seiten weg. Aber als er in sich zusammenbrach, hatte Gächter schon ein Knie auf der Fensterbrüstung. Bienzle stürzte zwischen morsches Holz.

«Sieh zu, daß es schnell geht!» rief er noch. Dann rappelte er sich fluchend auf.

Gächter hatte sich durch die schmale Öffnung nach draußen gezwängt. Er mußte sich zuerst an den hellen Sommerhimmel gewöhnen. Vor seinen Augen flimmerten die Hitze und das grelle Licht.

Dann sah er Gebhardt, der einen großen Karton in den Kofferraum seines Autos lud. Sichernd sah er sich um. Gächter konnte sich gerade noch hinter einem dicken Traufrohr aus dem Blickfeld des Direktors mogeln. Gebhardt betrat die Telefonzelle an der Seite des Platzes.

Es gab eigentlich nur eine Erklärung dafür, daß Gebhardt, der in seinem Büro über zwei Apparate verfügte, den öffentlichen Fernsprecher benutzte, zumal es in dem gläsernen Kasten knallheiß war: Er mußte Angst haben, abgehört zu werden. Gebhardt fuhr sich immer wieder mit dem Hemdärmel über die Stirn, um den Schweiß abzuwischen. Er sprach schnell und trat dabei nervös von einem Bein aufs andere. Gächter näherte sich vorsichtig, immer darauf bedacht, nicht von Gebhardt gesehen zu werden.

Als der Direktor die Zelle wieder verließ, duckte sich Gächter hinter einen Traktor, der an der Ecke der ersten Baracke stand.

«Ferdy», hörte er Gebhardt rufen, «bring doch mal die Kiste, die dort an der Treppe steht.»

«Gemacht, Chef!» rief eine Männerstimme.

Gebhardt stieg ins Auto und ließ den Motor an. Er drückte von innen die Beifahrertür auf und sagte: «Stell's auf den Sitz, danke!»

«Laß man», sagte Gächter, der das Auto gemeinsam mit Ferdy erreichte.

Gebhardts Kopf fuhr herum. Er schaltete schnell. Mit quietschenden Reifen und offener Tür startete er.

Gächter hatte Ferdy gerade den Karton aus den Händen genommen. Jetzt ließ er ihn fallen, zog seine Dienstwaffe, faßte sie mit beiden Händen und zielte. Er schoß zweimal, und zweimal zeigte der aufspritzende Schotter, daß er den Reifen nur knapp verfehlt hatte. Dann war der Wagen zwischen den Tannen verschwunden.

Gächter steckte ruhig die Pistole weg und ging zum Telefonhäuschen. Die Männer an den langen Tischen sahen interessiert zu, aber keiner hatte sich bewegt. Es war eine fast unheimliche Szene: Flucht des gestrengen Direktors, zwei Schüsse, und die Männer hockten da wie die Ölgötzen: Nur nicht einmischen und hoffen, daß die Geschichte weitergeht ... Endlich mal eine Abwechslung!

Gächter hatte Sparczek am Apparat.

«Ringfahndung!» sagte er knapp, und im gleichen Augenblick wurde ihm klar, daß eine Ringfahndung mitten im Schwäbischen Wald wohl nicht gerade eine alltägliche Übung war. «Gebhardt ist weg», fuhr er fort, «geflüchtet. Mit einem grauen Mercedes 200, Kennzeichen WN–ZS–644. Eine Personenbeschreibung können Sie sicher selber dazu geben. Sie kennen ihn ja besser als ich.»

Gächter hängte den Hörer ein und kehrte zu dem Karton zurück. Er riß ihn auf und fand drei dicke Leitzordner.

Jetzt erst fiel ihm Bienzle wieder ein. Er stieg in den Keller hinunter, schob den Riegel zurück und ließ seinen Kollegen und den jungen Betreuer frei.

Die Männer aus dem Heim saßen unverändert auf ihren Bänken und äugten zu ihnen herüber, als sie aus dem Haus traten.

Bienzle griff eine Akte aus der Kiste. Auf dem Rücken des Leitzordners stand *Medizinische Gutachten*. Gächter wuchtete den Karton in den Kofferraum des Dienstwagens.

Bienzle wollte gerade einsteigen, als ein Moped auf den Vorplatz einbog. Es wurde von der *Rössle*-Wirtin gesteuert, die man freilich erst erkennen konnte, als sie einen klobigen Sturzhelm mit der Aufschrift *Jumbo* vom Kopf zog.

«Herr Bienzle», rief sie, noch ehe sie den Motor abgestellt hatte, «Herr Bienzle, der Gottlieb ...»

Mit einem jachernden Geräusch verstummte endlich der Mopedmotor.

Bienzle schlug die Beifahrertür zu und ging zu ihr hinüber. «Erzählen Sie.»

«Also, der Gottlieb, auf einmal war er wieder da. Er ischt onder dr Tür zur Wirtschaft gschtande wie vor fünf oder sechs Jahr. ‹'n Abend, Hanne›, hat er g'sagt ond ischt auf sein alte Platz g'sesse. A Viertele Strümpfelbacher, rot, hat er beschtellt ... Ich hab ihn anguckt wie en Geischt. Sie wisset ja, daß er ganz früher amal a Schatz von mir war.»

«Hat er was wolle?» fragte Bienzle, der seine Ungeduld bekämpfen mußte.

«Warte.»

«Warten? Auf was?»

«Auf a Telefon ...»

«Auf einen Anruf von Gebhardt?»

«Ach, Sie wisset des scho?»

«Nein, g'wußt hab i's net; deshalb hab i ja g'fragt.»

Gächter, der sich das Gespräch bisher ruhig angehört hatte, fragte: «Wissen Sie, wo er ihn hinbestellt hat?»

«Sie wisset also doch Bescheid! Er hat ihn nämlich wirklich bestellt: Punkt acht Uhr, hat er g'sagt, am Wehr, wie besproche.»

Bienzle sah auf die Uhr. Es war kurz vor sieben. «Und was hat er noch g'sagt?»

«Am Telefon? Nix mehr.»

«Ond zu Ihne?»

«Er hat g'sagt, Hanne, hat er g'sagt, wenn i um neune net wieder hier auf dem Platz sitz und in aller Ruh mei Viertele bestell, dann erzählscht dem Bienzle, ich hätt mich mit dem Gebhardt getroffe. Dann lieg i nämlich wahrscheinlich als Leich em Wasser ... Das hat er g'sagt, Gott sei mir gnädig!»

«Weiter nix?» Bienzle sah schon wieder auf die Uhr.

«Ich hab ihn natürlich g'fragt, was willscht denn von dem Gebhardt? Und dann hat er g'sagt: Wenn er mein Jürgen ausläßt und alles zugibt, dann ... Aber weiter hat er nix g'schwätzt.»

Bienzle sagte: «Ich versuch mal, den Satz zu vervollständigen: Wenn er mein Jürgen ausläßt und alles zugibt, dann sorg ich dafür, daß er mit viel Geld ins Ausland verschwinde und dort a neus Lebe anfange kann.»

«Moinet Se wirklich?»

Bienzle antwortete nicht, sondern nahm Frau Maiers Rechte in seine beiden Hände. «Sie sind a Pfundsfrau.»

«Der Gottlieb wird des net denke; er hat nämlich g'sagt, ich soll alles für mich behalte ond koi Sterbenswörtle weitersage. Aber grad bei dem Wort ‹Sterbenswörtle› isch's mir so heiß ond kalt da Rücke nonder – da hab i denkt, des sag ich dem Bienzle glei – wer weiß, wofür's gut ischt.»

«Des habet Sie absolut richtig g'macht!» Bienzle ließ ihre Hand los.

Frau Maier war sichtlich erleichtert, als sie jetzt ihren Sturzhelm wieder überstülpte und das Moped startete.

Gächter klemmte sich hinter das Steuerrad, und Bienzle ließ sich schwer auf den Beifahrersitz plumpsen.

«Der geht doch nicht dorthin», sagte Gächter, «der sieht zu, daß er Land zwischen sich und Vorderbach bringt.»

«Da bin ich nicht so sicher», meinte Bienzle, «aber für uns ist das egal, wir kriegen ihn jetzt anders sowieso nicht mehr.»

«Also, wie lauten die Befehle?» fragte Gächter sarkastisch.

Bienzle brummte unwillig. «Wir können versuchen, vor den beiden dazusein.»

19

Das Stauwehr lag etwa einen Kilometer oberhalb des Sägewerks. Gächter hatte in der Nähe einen überwucherten Waldweg gefunden und sein Fahrzeug halsbrecherisch hineingesteuert. Zweimal schon war er steckengeblieben, und jedesmal hatte er das Auto durch zyklisches Gasgeben und Vor- und Zurückschaukeln wieder befreit. Beim drittenmal drehten die Räder in einer tiefen, lehmigen Kuhle durch. Bienzle war ausgestiegen und hatte seine Schulter gegen das Heck gestemmt. Aber die Räder warfen nur feuchten Dreck und feine Steinchen gegen seine Hosenbeine. Der Wagen ruckte keinen Zentimeter von der Stelle.

Gächter stieg aus. «Dann bleibt er halt hier stehen. Später ziehen wir ihn mit dem Traktor raus.»

«Aber man kann ihn vom Sträßchen aus sehen!»

Gächter riß ein paar Zweige ab und tarnte das Polizeiauto notdürftig. Bienzle rührte keinen Finger. Er hielt das alles für Humbug. Ein mit Zweigen garniertes Auto mußte hier genauso auffallen wie ein ungetarntes.

Um halb acht waren sie in der Nähe des Wehres. Zwar war es um diese Tageszeit jetzt im Sommer noch hell, aber die Schatten waren schon lang, und unter den ausladenden Tannen hatte man das Gefühl, die Dämmerung sei schon angebrochen.

Der Bach staute sich hier zu einer Breite von fünf oder sechs Metern auf. Die Anlage gehörte zur Sägemühle, denn dort erzeugte man mit Wasserkraft Strom. Das Wehr war gebaut worden, um für eine gleichmäßige Strömung zu sorgen.

Über die Mauer führte ein schmaler betonierter Weg, der links und rechts von einem Eisengeländer eingefaßt wurde. Bienzle überlegte, ob es besser sei, auf der Straßenseite zu bleiben oder drüben einen Platz zu suchen, wo der Waldhang direkt vom Ufer aus steil emporstieg. Er entschloß sich, auf der Straßenseite zu bleiben, um Gebhardt, falls er tatsächlich mit dem Wagen kam, gleich im Blickfeld zu haben.

Rechts neben dem Weg zog sich ebenfalls ein dichtes Waldstück steil nach oben. Ein schmales Rinnsal hatte eine tiefe Kerbe in den Tannenboden gegraben.

«Da steigen wir hinauf.»

Gächter grinste. «Wie die Indianer. Im Wasser hinterläßt du keine Spuren!»

Bienzle gab einen unwirschen Laut von sich.

Eine Viertelstunde später erwies es sich, daß die Indianermethode gar nicht so falsch war. Der alte Pressler tauchte plötzlich auf der gegenüberliegenden Seite auf. Er trug wieder seinen abgetragenen braunen Anzug, dazu aber einen breitkrempigen Hut. Über die Schulter hatte er seinen rupfenen Sack gehängt.

Er trat einen Schritt aus dem Wald heraus und zog sich sofort wieder zurück. Dann kam er mit schnellen, weit ausgreifenden Schritten über den Damm, wobei er wie ein Vogel den Kopf hin- und herwarf und nach allen Seiten zugleich zu schauen versuchte. Als er die Straßenseite erreichte, atmete er erkennbar auf. Und dann machte er sich daran, Spuren zu suchen. Er ging das geschotterte Sträßchen ein Stück hinauf, kniete einen Augenblick nieder, untersuchte den Belag, kam wieder zurück und inspizierte die Böschung dicht unter der Stelle, an der Bienzle und Gächter saßen. Bienzle kam sich mit einemmal über die Maßen albern vor. Er wollte gerade aufstehen, als Gächter ihn am Arm packte und wieder in die Hocke zwang.

Ein leises, langsam anschwellendes Motorengeräusch war zu hören.

«Der kommt womöglich tatsächlich!» flüsterte Gächter.

Gottlieb Pressler sprang mit einem Satz die Böschung hinauf und verschwand zwischen einem dichten jungen Tannenbestand, nur wenige Meter von den beiden Beamten entfernt.

Ein grauer Mercedes rollte so langsam zwischen Pappeln und Tannen auf dem geschotterten Weg heran, daß man die Kieselsteine knirschen hörte. Bienzle beugte sich weit vor. Gebhardt saß alleine im Wagen.

Auch Gächter hatte sich ein wenig vorgebeugt. Er konnte die Schulter und den rechten Arm des alten Pressler sehen. Und plötzlich machte Gächter einen Satz. Er brach förmlich durchs Geäst, stieß einen Schrei aus und schlug zu. Im gleichen Augenblick löste sich ein Schuß.

Der graue Wagen begann zu schlingern, driftete nach rechts weg, geriet mit dem Vorderrad in den Graben und kippte leicht zur Seite. Das linke Hinterrad hob sich ein wenig vom Boden ab. Gebhardt war mit dem Oberkörper gegen das Lenkrad gefallen. Die Hupe gab einen lauten Dauerton von sich.

Bienzle rannte durch den schmalen Bach hinunter, stürzte, richtete sich wieder auf und landete mit einem Sprung über den Graben direkt vor der Kühlerhaube des Autos. Gebhardt hob ein wenig den Kopf und sah den Kommissar mit großem Erstaunen an. Bienzle öffnete die Fahrertür und zog Gebhardts Oberkörper vom Lenkrad zurück. Die Hupe verstummte.

«Verdammt», sagte Gebhardt.

Bienzle fühlte klebrig-warmes Blut. «Wo hat Sie's erwischt?» fragte er fast automatisch.

Gächter stieß den alten Pressler vor sich her über den Graben. Er hatte ihm die Waffe, einen schweren alten Revolver, entwunden.

«Sie wollten überhaupt nicht mit ihm reden», herrschte Gächter den alten Mann an.

«Reden?» Gottlieb Pressler lachte. «Für den da ist jedes Wort zu schade!»

Gebhardt saß jetzt in das Rückenpolster zurückgelehnt da. Er atmete schwer, war aber bei Bewußtsein.

«Er verliert Blut», sagte Bienzle, «das Geschoß ist oben in die Schulter eingedrungen, wahrscheinlich nicht so gefährlich.»

Pressler starrte Gächter böse an. «Wenn der da nicht dazwischengekommen wär . . .!»

«Ja, was dann?» fragte Gächter ruhig.

«Dann hätt ich das Schwein erledigt, wie ein Schwein erledigt wird . . . Hier!» Er hieb sich mit der geballten Faust mitten auf die Stirn. «Zwischen die Augen.»

«Ein Tippelbruder, der zu viele Wildwestfilme gesehen hat», sagte Gächter verächtlich.

Aber niemand schien ihm zuzuhören. Das Quartett wirkte ein paar Augenblicke lang paralysiert. Pressler und Gächter standen Schulter an Schulter neben dem Wagen, aber Gächter hatte den Revolver nach wie vor seitwärts auf den alten Mann gerichtet. Gebhardt hing schwer atmend im Fahrersitz, Bienzle stand gebeugt daneben und schaute voller Sorge auf die Wunde.

«Können Sie rüberrücken?» fragte er schließlich.

Gehorsam bemühte sich Gebhardt. Zentimeter um Zentimeter ruckte er nach rechts, wobei Bienzle mehr störte als half, denn jedesmal, wenn er dem Verletzten unter die Achsel griff, wimmerte der Mann vor Schmerzen auf. Schließlich war es aber geschafft. Gächter bugsierte Pressler auf den Rücksitz und zwängte sich selbst daneben. Bienzle übernahm das Steuer.

Mit viel Mühe manövrierte er den Wagen. Er nutzte die kleine Straße über den Damm, um zu wenden. Langsam, um Erschütterungen möglichst zu vermeiden, ließ er das Auto auf Großvorderbach zurollen.

Einmal wandte Bienzle den Kopf nach hinten und sah für Sekunden dem alten Pressler in die Augen. «Warum wollten Sie ihn töten?»

«Weil er schuldig ist.»

«Schuldig? Woran?»

«Er ist schuldig, weil er von Grund auf böse ist.»

«Was sagen Sie dazu?» fragte Bienzle den Mann auf dem Beifahrersitz. Aber Gebhardts Kopf war auf die Brust gesunken. Er hatte das Bewußtsein verloren.

Der alte Pressler beugte sich plötzlich weit über Gebhardts Schulter vor und zischte: «Schuldig, schuldig, schuldig!»

20

Der Abend war noch immer lau. Die Fenster des Gasthauses standen offen.

Bienzle saß am Ecktisch, der zu seinem Stammplatz geworden war. Die *Rössle*-Wirtin spülte lustlos Gläser und sah ab und zu zu ihm herüber. An einem Tisch in der anderen Ecke spielten vier Männer, die Bienzle nicht kannte, Doppelkopf.

Gebhardt lag im Krankenhaus von Schwäbisch Hall. Kasparczek saß in der Polizei-Arrestzelle. Morgen sollte er dem Richter vorgeführt werden. Den alten Pressler hatten zwei uniformierte Beamte in die Vollzugsanstalt Hohenasperg gebracht, die über eine psychiatrische Klinikabteilung verfügte.

Neben Bienzle stand der Karton, der Gächter auf dem Eichenhof in die Hände gefallen war. Die einzige Akte, die ihn interessierte, trug die Aufschrift: *Pressler, Gottlieb, geb. 14.2.1914.*

Der Gutachter, ein Professor Dr. Otto Riegele aus Stuttgart, hatte dem alten Sägewerksbesitzer eine *beginnende exogene Altersschizophrenie* attestiert, soviel hatte Bienzle verstanden. Allerdings war ihm auch klargeworden, daß die Belege dafür ziemlich windig waren. Der Psychiater bezog sich ebenso auf seine eigenen Beobachtungen wie auf Aussagen der Angehörigen. Die Einlassungen der Befragten schien er ziemlich willkürlich bewertet zu haben.

Bienzle klappte den Aktenordner zu und bestellte noch ein Viertel Roten. Er schaute auf die Uhr. Kurz vor zehn war es. Gächter mußte bald zurück sein. Er hatte ihn zu den Presslers geschickt.

Die Wirtin brachte das gefüllte Henkelglas. Ohne zu fragen setzte sie sich neben den Kommissar.

«Was ischt mit dem Gottlieb?»

Bienzle sah die Frau an. «Des klingt ja richtig besorgt», sagte er mit einem schiefen Lächeln.

«Stimmt's, daß Sie den Gottlieb ei'gsperrt hent?»

«Immerhin hat er versucht, ein' umzubringen!»

«Den Gebhardt?»

«Mhm.»

Die Wirtin sah Bienzle böse an. «Ond Sie habet des net verhindere könne?»

«Beinah.»

«Beinah ischt z'wenig!»

«Ganz recht.» Bienzle führte das Glas zu den Lippen. «Trinket Sie doch au ein's!» sagte er dann. «Auf mei Rechnung.»

Frau Maier ging und kam mit einem leeren Glas und einer gefüllten Halbliter-Karaffe zurück.

«Wie war der Gottlieb denn früher?» fragte Bienzle vorsichtig.

«Wie meinet Sie das?» fragte die Wirtin noch vorsichtiger zurück.

«Na ja, war er a Tunichtgut zum Beispiel?»

«Er war koi Heiliger.»

«Und jetzt?»

«Er ischt halt a bißle komisch worde auf seine alte Tag.»

«A bißle komisch, so so ... Der Psychiater nennt das eine exogene Altersschizophrenie. Wenn ich's recht verstanden hab, lebt so ein Mensch in zwei unterschiedliche Wirklichkeite – einmal in seiner normalen Umwelt und dann wieder in einer, die er sich ausgedacht hat. Beim Gottlieb könnt des so aussehe, daß er ... Wie soll ich sage – als Kämpfer gegen die Sünde, gegen alles Verwerfliche auftritt. Es könnt sein, daß er in seiner zweiten Wirklichkeit glaubt, die Welt von bösen Einflüssen reinigen zu müssen.»

«Awah, so ein Lettegschwätz!» entfuhr es der Wirtin. «Wer behauptet jetzt au so en Bledsinn? Der Gottlieb hat seine fünf Sinne besser beieinander als Sie ond i. Wenn er dene Kerle hat's Handwerk lege wolle, dann bloß, weil er's euch Poliziste net zutraut hat.»

Bienzle sah die Wirtin überrascht an. Aber er sagte nichts, sondern goß ihr nur das noch immer leere Glas voll.

«Ischt doch wahr!» sagte Frau Maier trotzig und nahm einen herzhaften Schluck.

Bienzle sagte noch immer nichts. Er sah die Wirtin nur ruhig an.

«Was gucket Sie mich denn so an? Der Gottlieb will bloß, daß sei'm Sohn nix Unrechts g'schieht.»

«Lieber wird er selber zum Mörder?»

«Er hat bestimmt net g'laubt, daß Sie ihm draufkomme wäret.»

«Für so dackelhaft hält der ons?» Bienzle lachte leise in sich hinein.

Auch die Wirtin lächelte kurz. «Des net unbedingt. Aber sich selber hält er halt für g'scheiter.»

«Na ja, vielleicht ist er's ja», sagte Bienzle; «aber wenn Sie recht habet, dann müßt er doch den Verdacht auf jemand anders lenke, oder?»

«Bin ich der Kriminaler oder Sie?»

«Tja, so wie's aussieht, sind's jetzt grad Sie.»

Frau Maier lachte. «Domm ischt er auf jeden Fall net, der Gottlieb!»

«Und wer könnt derjenige sein, auf den der alte Pressler den Verdacht lenke wollte?»

«Fraget Sie ihn halt!»

Die Doppelkopfspieler verlangten nach der Wirtin. Bienzle blieb tief in Gedanken sitzen, bis Gächter die Tür aufstieß und sich neben ihm auf die Bank fallen ließ. Er sah das zweite Weinglas an.

«Sitzt da schon jemand?»

«Die Wirtin.»

Gächter wechselte den Platz und setzte sich Bienzle gegenüber.

«Und?» fragte Bienzle.

«Der junge Pressler ist am Vormittag nach Stuttgart gefahren. Seine Mutter behauptet, nicht genau zu wissen, warum. Glaub ich ihr aber nicht.»

«Wie hat sie's denn aufgenommen – ich mein die Verhaftung ihres Mannes?» fragte Bienzle ohne sonderliches Interesse weiter.

«Irgendwie schien sie erleichtert zu sein.»

«Na ja – immerhin ist der Alte jetzt auf Nummer Sicher.»

«Das könnte es sein ...»

Bienzle hörte nicht richtig zu. Er sah durch das offene Fenster. Auf der Straße, direkt unter einer Laterne, hatten Kinder mit Kreide die Umrisse für ein Hüpfspiel gemalt. Himmel und Hölle hieß es wohl. Ein junges Paar kam Arm in Arm die Straße herunter. Die junge Frau löste sich von ihrem Partner und hüpfte auf einem Bein von der Hölle zum Himmel. Dort blieb sie stehen, bis ihr Freund zu ihr kam, sie in die Arme nahm und küßte. Bienzle seufzte ein wenig.

Gächter legte es falsch aus. «Ja, es ist wirklich ein verdammt verzwickter Fall. Wir suchen einen Mörder und kommen einer Falschgeldbande auf die Spur: Gebhardt, Steinhilber, Pressler junior, Kasparczek.»

«Und Kowalski», sagte Bienzle leise.

«Glaubst du ...?»

«Ach was, ich glaub gar nix, außer ...» Bienzle hob die Stimme: «Frau Maier!»

Die Wirtin brachte den Doppelkopfspielern gerade ihre Getränke. «I komm glei!» rief sie.

Bienzle ließ sie nicht aus den Augen, bis sie sich neben ihm niedergelassen hatte, dann brummte er: «Steinhilber!»

«Ja?» fragte die Wirtin.

«Den kennet Sie doch, oder?»

«Freilich; er ischt ja der Schwiegersohn vom Gottlieb.»

«Eben!»

«Was, eben?»

«Am Tag nach dem Mord ischt er dort drübe g'sesse ...»

«Ach, des meinet Sie?»

«Er hat sich uns mit einem falschen Ausweis vorg'stellt!»

«Erich Fortenbacher», sagte Gächter, «selbständiger Handelsvertreter – Tabakwaren.»

Frau Maier wischte umständlich ihre Hände an ihrer Schürze ab. «Woher soll ich des denn wisse, daß der unter falschem Name ...»

«Jetzt wisset Sie's», sagte Bienzle. «Und fällt Ihne dazu was ei?»

«Ja freilich. I hab ihn ja heut abend gsehe!»

«Was?» Bienzle hatte so laut gerufen, daß die Spieler ihre Karten aus der Hand legten und irritiert zu ihm herübersahen.

«Jetzt schreiet Se doch net so! Was soll denn da dabei sei?» fragte die Wirtin pikiert.

Gächter lächelte sie unfreundlich an. «Der Mann wird polizeilich gesucht.»

«Und wann war des, wann habet Sie ihn gsehe?» stieß Bienzle nach.

«Kurz vor acht Uhr.» Frau Maier bemühte sich plötzlich ums Hochdeutsche. «Er ist reingekomme, hat sich so komisch umgeguckt und g'sagt, ‹einen Schnaps, aber einen ganz schnellen›.»

«Schwätzet Se no weiter, wie Ihne dr Schnabel g'wachse ischt», sagte Bienzle.

«Dann hat er g'sagt: ‹Ist mei Schwiegervater net da?› Aber des hat er ja selber sehe könne, daß der net da war.»

«Und weiter?» fragte Bienzle.

«Nix weiter. Er hat den Schnaps nonder 'kippt, hat zahlt und ischt gegange.»

«Wie?»

«Was, wie?»

«Wie ischt er gange? Schnell, hastig, überstürzt?»

«Ja, so könnt mr sage, genau so. Irgendwie hat er ... wie soll i sage ...»

«Gehetzt gewirkt», ergänzte Gächter.

«Ja, stimmt!»

«Hat er ein Auto dabei gehabt?» fragte Gächter.

«I weiß net, g'sehe hab i koins.»

«Jetzt amal langsam!» Bienzle trank sein Glas etwas zu hastig aus und schob es von sich. Frau Maier goß aus der Karaffe nach. Bienzle sagte:

«Der alte Pressler holt den Steinhilber hierher. Er muß sich doch mit ihm verabredet haben, sonst hätt ihn sein Schwiegersohn gar nicht hier gesucht. Versetzen wir uns mal in Steinhilber. Er trifft den Gottlieb nicht an und geht hastig los – doch wohl, um ihn zu suchen. Wenn er ihn hier nicht findet, marschiert oder fährt er zum Sägewerk. Gibt's noch einen anderen Weg zum Sägewerk als durchs Tal?» fragte er Frau Maier.

«Der wär a arger Umweg, über Großvorderbach.»

Gächter sah seinen Kollegen an. «Du glaubst, der Pressler hat ihn bestellt, um ihm nachher die Tat in die Schuhe zu schieben?»

«I hab scho mal g'sagt, i glaub gar nix. Trotzdem ...» Er stand unvermittelt auf und sagte zu der Wirtin: «Ich nehm den Schlüssel mit – s könnt später werde.»

Gächter folgte ihm. Es war jetzt sehr dunkel draußen. Vor dem Himmel- und Hölle-Spiel blieb Bienzle stehen. Plötzlich hüpfte er los. Etwas atemlos kam er im Himmel an, aber er hatte keine Linie betreten. Gächter hatte sich einstweilen gemütlich eine Zigarette angezündet.

«Hast's g'sehen – keinen Strich hab ich berührt!» rief Bienzle begeistert.

«Ja, und?» fragte Gächter verständnislos.

Bienzle war plötzlich ein bißchen verlegen. «Ich mach immer solche Sachen. Zum Beispiel steig ich in den Aufzug ein, und wenn ich auf den Knopf drück, denk ich, wenn er ganz nauffährt, ohne einmal anzuhalten, geht alles gut ... Manchmal geh ich auf der Bordsteinkante und nehm mir vor, keinen Spalt zu betreten – geht's gut, geht auch das gut, an was ich denke.»

Gächter sah den Freund fassungslos an. «Und jetzt hast du gedacht, wenn ich das Spiel da schaffe, ohne auf einen Strich zu treten, löse ich den Fall?»

«So ungefähr, ja!»

Gächter schüttelte den Kopf. «Aber das darf doch nicht wahr sein! Warum liest du dann nicht einfach dein Horoskop?»

«Mach ich ja», sagte Bienzle, «aber verzähl's koim weiter!»

21

Frau Pressler hob resignierend die Hände, als sie die beiden Beamten hereinließ.

«Ich dachte, es wäre alles gesagt.»

Bienzle ließ sich, ohne eine Aufforderung abzuwarten, in einen lederbezogenen Sessel fallen. «Fast alles», sagte er.

Frau Pressler schaltete den Fernsehapparat ab.

«Ihr Mann ist nicht krank», sagte Bienzle, «nur raffiniert.»

«Wollen Sie einen Tee?» fragte Frau Pressler.

Die beiden Männer schüttelten die Köpfe.

«Wissen Sie, ob Ihr Schwiegersohn eine Waffe hat?»

«Nein, keine Ahnung.»

«Wissen Sie, daß er heute abend hier war?»

«Wann?»

«So vor drei Stunden.»

«Hier war er nicht.»

Gächter, der wieder am Türrahmen lehnte, drehte sich eine Zigarette. «Wo lebt eigentlich Ihre Tochter?»

«In Stuttgart. Warum?»

«Nur so.»

«Wohnt Ihr Sohn bei ihr, wenn er in Stuttgart ist?»

«Ja.»

«Heute auch?»

«Sicher.»

«Und warum ist er nach Stuttgart gefahren?»

«Ich denke, geschäftlich.»

Bienzle hatte während des kurzen Gespräches von einem zum anderen geschaut. Jetzt sagte er: «Ihr Mann hat ihn nach Stuttgart geschickt, gell?»

Frau Pressler sah ihn an. Sie war unsicher. «Wer sagt das?»

«Es stimmt doch?» Bienzle wirkte jetzt sehr ruhig.

«Ja.»

«Gut, soweit. Jetzt sagen Sie uns noch, warum?»

«Ich sagte doch, geschäftlich.»

«Und was waren das für Geschäfte?»

«Darum habe ich mich nie gekümmert – bisher.»

«Ja, bisher. Aber heute?»

Frau Pressler schwieg.

«Wir kriegen's raus», sagte Bienzle.

Alle drei schwiegen.

Gächter stand unbeweglich an der Tür. Bienzle hockte müde in seinem Sessel, die Augen waren ihm fast zugefallen. Frau Pressler saß auf der vorderen Kante ihres Stuhles und zerknautschte ein Taschentuch.

«Wenn der Herr Steinhilber hier ist – ich meine, in der Gegend –, wo würde er sich dann aufhalten?» fragte Bienzle langsam. «Hat er eine Freundin in der Gegend?»

«Woher soll ich das wissen? Mir würde er's nicht auf die Nase binden – mir zuletzt!»

«Aber irgendeine mißgünstige Frau aus dem Dorf hätt's Ihnen gesteckt.»

Frau Pressler stand auf und ging zum Fenster. Sie sah in die Nacht hinaus. «Wollen Sie mich nicht endlich in Ruhe lassen?»

«Das liegt ganz bei Ihnen», sagte Gächter. «Reden Sie halt und sagen Sie uns, was Sie wissen.»

«Er hat was mit dieser Neuner ...»

«Ursula Neuner aus Großvorderbach?» Gächter stieß sich vom Türbalken ab.

«Die ist erst neunzehn», sagte Bienzle wie zu sich selbst.

Frau Pressler lachte. «Was spielt das für eine Rolle? Die war erst sechzehn, als ...» Sie unterbrach sich.

«Als was?» fragte Gächter scharf.

«Sie wissen schon.»

«Also doch», sagte Bienzle. «Das Mädchen hat uns was vorg'spielt.»

«Bühnenreif», knurrte Gächter, «und als ich sie noch mal verhört habe, muß sie demnach perfekt gelogen haben.»

Bienzle sagte unvermittelt: «Ihr Mann hat also dem Jürgen eine

Vollmacht in die Hand gedrückt und gesagt, fahr nach Stuttgart, heb das Geld ab und bleib bis morgen bei deiner Schwester.»

«Das hab ich nicht behauptet», stieß Frau Pressler hervor.

«Aber ich!» sagte Bienzle. «Und jetzt weiter im Text: Er hat seinen Schwiegersohn hergelockt. Wahrscheinlich hat er ihm Geld versprochen – viel Geld. Und auch den Gebhardt hat er kommen lassen – den aber, um ihn umzubringen und die Tat Steinhilber in die Schuhe zu schieben.»

Gächter sah Bienzle an. «Wie heißt das auf schwäbisch: Jetzt tu nur auch g'schwind langsam!»

Bienzle hob den Zeigefinger: «Du hast's doch g'sehen – ich bin kein einziges Mal auf den Strich getreten!»

Kopfschüttelnd wendete sich Gächter ab.

Mit einem gräßlich grellen Ton schrie eine Alarmglocke los. Unterhalb des Bungalows flammten Scheinwerfer auf. Dann heulte eine Sirene. Bienzle war mit einem Satz auf beiden Beinen.

«Feueralarm!» schrie Frau Pressler.

Gächter war schon zur Tür hinaus. Bienzle stand unschlüssig mitten im Zimmer.

«Wenn's hier brennt, lohnt sich's!» sagte er.

Erst dann stapfte er hinaus.

Von Gächter war nichts mehr zu sehen. Bienzle blieb am Rand der Terrasse stehen und blickte auf die weitläufige Anlage des Sägewerks hinab. Im Scheinwerferlicht sah er Gächter, der mit langen Schritten zwischen den Bretterstapeln Richtung Sägehütte lief. Eine schmale Flamme züngelte an der Giebelseite des langgezogenen Schuppens hinauf. Frau Pressler war hinter den Kommissar getreten.

«Tun Sie doch was!» rief sie atemlos.

Bienzle stand wie festgewurzelt. «Hat Ihr Sohn die Mädchen auf dem Gewissen?»

«Nein!» schrie sie.

«Hat sein Vater ihm Geld versprochen, damit er verschwindet, der Jürgen?»

«Ja ...»

«Und Ihr Mann wollte das Werk wieder selber übernehmen – ich meine, die Leitung des Werks?»

«Ja!»

Gächter hatte jetzt den Schuppen erreicht und die Tür aufgerissen. Flammen schlugen ihm entgegen.

«Jetzt müßte man alle auf einen Schlag hier haben», murmelte Bienzle; «Vater und Sohn Pressler, Steinhilber, Kasparczek und Kowalski, Gebhardt und das Fräulein Neuner ...» Er beugte sich weit über den schmiedeeisernen Zaun und kniff die Augen zusammen. «Mindestens einer davon scheint ja dazusein!»

«Ich versteh Sie nicht», sagte Frau Pressler. Aber Bienzle kümmerte sich nicht mehr um sie. «Und wenn mich nicht alles täuscht, kommt er sogar herauf.»

Der Mann war wie ein Schattenriß zu sehen. Er befand sich jetzt zwischen einem Tiefstrahler und der Böschung unterhalb des Bungalows.

«Wenn das Feuer um sich greift ...» stöhnte Frau Pressler.

«Beruhigen Sie sich; wir zwei können's sowieso nicht verhindern.» Bienzle trat einen Schritt zurück, um aus dem Lichtkreis der Terrassenlampe zu kommen.

Gächter hatte indessen durch den Rauch hindurch einen Feuerlöscher entdeckt. Er drückte ein Taschentuch gegen Nase und Mund und rannte los.

Der Mann kam langsam die Treppe herauf. Bienzle zog sich weiter zurück. Er stand jetzt neben der Regenrinne. Frau Pressler war zum Tor gegangen.

Gächter schaffte den kurzen Weg. Er riß den Feuerlöscher aus der Halterung und stürmte zurück zur Tür.

«Jürgen, du? Aber ...» Frau Pressler drückte die Hände flach auf ihre Brust: «Aber ich denke, du bist in Stuttgart!»

«Ganz ruhig, Mutter.» Jürgen Pressler stieß das Tor auf.

«Aber das Feuer!» schrie sie.

«Ein Kurzschluß vermutlich», sagte Jürgen Pressler und lachte.

Gächter hatte Mühe, die Kappe abzuziehen, er fluchte, was das Zeug hielt. Dann sprang sie plötzlich wie von selbst herunter.

«Na endlich!» Gächter drückte auf den Auslösehebel. Eine Schaumkaskade schoß aus dem Ventil.

Bienzle hatte sich ganz in die Dunkelheit zurückgezogen.

Jürgen Pressler ging an der Front des Hauses entlang, öffnete eine kleine Stahltür, die in die Außenwand eingelassen war, und drückte auf ein paar Kippschalter. Zuerst verstummte die Sirene, dann die gellende Klingel, und schließlich erloschen die Scheinwerfer. Das Tal lag wieder ruhig und dunkel; nur unten im Werk flackerte es rötlich, vom Rauch gedämpft. Erst nachdem sich Bienzle an die Stille gewöhnt hatte, hörte er die Sirene vom Dorf her. Er trat einen Schritt vor.

Mutter und Sohn standen dicht beieinander. Jürgen hatte seinen Arm um die alte Frau gelegt und streichelte ihr übers Haar. Leise sagte er:

«Jetzt wird alles gut!»

Die Stimme der Mutter klang seltsam sachlich, als sie sagte: «Nein, Jürgen; gar nichts wird gut.»

«Doch, doch – glaub mir nur! Wir brauchen ihn nicht mehr. Wir sind sehr hoch versichert.»

Bienzle trat in den Lichtkreis der Lampe und sagte: «Gegen alles kann man sich nicht versichern.»

Jürgen Pressler ließ seine Mutter los und starrte den Kommissar entgeistert an, der jetzt an den beiden vorbei über die Terrasse ging. Am Geländer blieb er stehen.

Gächter war es offenbar gelungen, das Feuer ein wenig zurückzudrängen. Immer wieder rief er nach Bienzle. Der stand gelassen am Rande der Terrasse und sagte über die Schulter:

«Für meinen Kollegen da unten ist das eine sportliche Angelegenheit ...» Dann wendete er sich um. «Sie haben also das Feuer gelegt, Herr Pressler?»

«Wie kommen Sie her?» fragte Pressler.

«Ihr Vater wollte den Betrieb wieder selber übernehmen. Sie sollten sich verdrücken – mit genügend Geld natürlich. Vielleicht nach Südamerika – Ihre Schlagrechte wahrnehmen ...»

«Ihre Phantasie möchte ich haben», sagte Jürgen Pressler.

Bienzle drehte sich um und sah wieder auf das Sägewerk hinunter. «Er wird verlieren, mein Kollege.»

Das Feuer durchbrach das Dach des Schuppens.

«Bei Brandstiftung zahlt keine Versicherung», sagte Bienzle. Er beobachtete den jungen Pressler. Der stand einen Augenblick unschlüssig da, dann rannte er los, die Treppe hinunter.

Bienzle ging zu Frau Pressler hinüber. «Ihr Sohn denkt ziemlich fix», sagte er. «Übrigens weiß ich jetzt, daß er die Mädchen nicht umgebracht hat.»

Frau Pressler ließ sich auf einen Stuhl fallen und begann zu weinen, erst leise, verhalten – verstockt, dachte Bienzle ... Wie ein Schluckauf klang das. Aber plötzlich beugte sie sich weit vor bis dicht über ihre Knie und schluchzte hemmungslos.

Bienzle sagte, mehr zu sich selbst als zu ihr: «Er wäre mit dem Geld verschwunden, wenn er die Mädchen auf dem Gewissen hätte. So aber hatte er nur eines im Sinn: zu verhindern, daß der Vater hier wieder das Regiment übernimmt.»

Frau Pressler richtete sich auf und ließ die Schultern gegen die Rückenlehne fallen. Ihr Kopf pendelte hin und her. «Ich halte das nicht aus!» stöhnte sie.

«Was man aushält, weiß man immer erst hinterher.»

Bienzle ging zum Geländer. Gächter und Pressler bekämpften gemeinsam die Flammen.

«Zu zweit schaffen sie's vielleicht», murmelte Bienzle.

Am Ende des Tales huschten blaue Lichtflecke über den Himmel. Weit entfernt erklang ein Martinshorn.

Eine Stunde später, exakt zwanzig Minuten nach Mitternacht, war der Brand gelöscht. Und während die Feuerwehr das Gelände sicherte und Wachen gegen eventuelle Schwelbrände aufstellte, saßen Gächter und Pressler im Wohnzimmer des Bungalows und versuchten, den Geschmack von Ruß, Rauch und Asche mit viel Bier wegzuspülen.

«Wo warst eigentlich du?» fragte Gächter.

Bienzle lächelte ein wenig schuldbewußt. «Ich bin bei der Polizei und nicht bei der Feuerwehr.»

Gächter machte eine wegwerfende Handbewegung.

«Ich hab a bißle was erfahren», sagte Bienzle.

«Aha!» Gächter schüttete ein weiteres Bier in sich hinein.

Bienzle baute sich vor seinem rußgeschwärzten Kollegen auf. «Also, hör zu: Gottlieb Pressler, Menschenfreund und Sägewerksbesitzer, hat tatsächlich geglaubt, er könne Schicksal spielen, die Schuldigen entlarven und» – Bienzle hob den Zeigefinger – «und auch gleich bestrafen. Er war nämlich längst hinter all das gekommen, was wir noch gar nicht so genau wissen: Gebhardt hat Kasparczek gezwungen, Platten für die Falschgeldproduktion zu gravieren. Kasparczek hat das zuerst verweigert, aber dann – unter Drogen – gemacht. Und zwar gut; denn wenn dieser Kasparczek was macht, dann will er's auch gut machen ... Also, Gebhardt konnte sein Geld drucken. Jürgen Pressler, dieser Brandstifter da, hat Lunte gerochen. Ihm ging's nicht besonders, weil ja sein Alter das Kapital sozusagen mit auf die Walz genommen hatte. Also der Jürgen hat davon erfahren – wie, das verrät er uns noch in dieser Nacht. Aber es war mehr eine Ahnung; wirklich gewußt hat er's nicht. Er wollte es genau wissen. Und da verfiel er auf seine damalige Freundin Renate Häberlein.»

Jürgen Pressler stemmte sich aus seinem Stuhl, ließ sich aber sofort wieder zurückfallen. Bienzle hob beruhigend die Hand.

«Widersprechen Sie mir ruhig, Pressler, wenn ich mich irre.»

Aber der junge Mann winkte nur ab und griff sich eine neue Bierflasche.

«Jürgen, trink nicht soviel», sagte Frau Pressler scharf, aber noch ehe der Sohn antworten konnte, fuhr Bienzle fort:

«Also machte sich Renate Häberlein an Kasparczek heran. Sie brachte genug Beweise mit. Für Pressler war unzweideutig klar: Gebhardt druckt Falschgeld. Jetzt setzte er ihn unter Druck. Gebhardt blieb nichts weiter übrig, als ihn mit in das Geschäft zu nehmen. Jetzt aber mußte Pressler feststellen: Der Partner Gebhardts war sein eigener Schwager, Steinhilber alias Fortenbacher. Gebhardt druckte oder ließ drucken, und Steinhilber setzte das Falschgeld ab ...»

Bis zu diesem Punkt hatte die alte Frau Pressler ruhig zugehört. Jetzt sagte sie: «Es ist schon nach zwei Uhr. Sie können ja Ihre Geschichte morgen weiter erzählen.» Ihr Gesicht war dabei so seltsam ruhig, daß es wie erstarrt wirkte.

Bienzle sah sie einen Augenblick an und wandte sich dann wieder Gächter zu. «Also: Gebhardt und Steinhilber nahmen Jürgen Pressler mit ins Geschäft. Und das hätte lange gutgehen können, wenn ... Ja, wenn Renate Häberlein eine andere Frau gewesen wäre. Offensichtlich gehörte sie aber zu den Frauen, die sich nur vermeintlich von den Männern benutzen lassen.»

Jürgen Pressler stellte seine Bierflasche hart auf den Glastisch.

«Was sie herausgebracht hatte», fuhr Bienzle ungerührt fort, «erkannte sie schnell selbst als gewinnträchtiges Wissen. Sie verlangte ihren Anteil.»

Gächter, der zu schnell und zuviel getrunken hatte, grinste, schaute in der Runde herum und sagte: «Woher der Bienzle das nur alles weiß?»

Bienzle achtete nicht auf ihn. Er sah Pressler an: «Gell, Sie saget mir, wenn was net stimmt.»

Pressler reagierte nicht. Bienzle redete weiter:

«Auch Kasparczek wurde jetzt unberechenbar. Er hatte nämlich das Fräulein Häberlein durchschaut. Kurz darauf freundete er sich mit Elke Maier an. Mit ihr hat er wohl wirklich vorgehabt, ein neues Leben anzufangen – so was gibt's ja. Aber so was kostet Geld; das konnte er zwar herstellen, aber er hatte keines. Immerhin wußte er, wo man welches holen konnte – bei Gebhardt ...» Bienzle beugte sich zu Gächter hinunter: «Und jetzt versetz dich mal in den Gebhardt: A paar Woche vorher hat er noch ganz allei kassiert, und jetzt kommt plötzlich jede Woch a neuer Teilhaber, sprich Erpresser!»

«Scheißsituation, zugegeben», sagte Gächter.

«Richtig! Ich kann mir vorstellen, wie's bei der Krisensitzung zuging: Gebhardt nervös, Pressler unschlüssig, Steinhilber eiskalt.» Blitzschnell fuhr Bienzle zu Pressler herum: «Stimmts?»

Der junge Pressler hob wie beschwichtigend beide Handflächen nach oben. Er ging an die Hausbar, die in eine Schrankwand eingelassen war, und goß sich einen Obstler in einen Cognacschwenker.

Bienzle sah ihm zu und wartete geduldig, bis er wieder Platz genommen hatte. «Und danach wurde Renate Häberlein umgebracht – vorsätzlich, brutal und keineswegs aus sexuellem Antrieb. Die Frage ist nur, von wem?»

«Von mir nicht», sagte Pressler.

«Und von Gebhardt auch nicht», sagte Bienzle.

«Von Steinhilber also!» sagte Gächter.

«Das glaube ich nicht!» sagte Frau Pressler.

Plötzlich starrten alle die alte Frau an.

«Das Dumme ist», sagte Bienzle, «daß ich von allem, was Sie sagen, so beeindruckt bin.» Er war aus dem Konzept gebracht. Der Einwurf von Frau Pressler war mehr als eine Irritation. Er hob die Schultern. Dann sagte er: «Also, Frau Pressler – wer war's?»

Sie sah ihn an. «Ich glaube lediglich, daß es mein Schwiegersohn nicht war.»

Bienzle fahndete nach seinem roten Faden und fand ihn wieder. «Egal, wer's war. Elke Maier war mit Renate Häberlein befreundet gewesen. Sie wußte viel, und die anderen wußten, *daß* sie viel wußte.»

Gächter stellte seine Bierflasche auf den Boden und knurrte: «Hört gut zu, Leute – Bienzle formuliert wieder mal wie ein Weltmeister ... Ich bin müde, hab mir die Hose angesengt, ein Feuer gelöscht und vielleicht eine Katastrophe verhindert ... Ich will ins Bett! Mach's kurz, Kommissar.»

Pressler, der auch längst nicht mehr nüchtern war, grinste. «Klingt wie 'n Titel für 'n Krimi: Mach's kurz, Kommissar!»

Bienzle hatte geduldig zugehört. Ihn würde jetzt niemand mehr aus dem Konzept bringen. «Elke Maier wollte Geld», sagte er, «viel Geld. Und sie wollte es cleverer machen als ihre Freundin Renate. Sie ging weder zu Gebhardt noch zu Steinhilber. Sie ging zu Ihnen, Herr Pressler! Elke Maier wußte genau: Sie waren zu weich oder sagen wir besser, zu anständig, um sich einer Zeugin durch Mord zu entledigen.»

Pressler sah den Kommissar unsicher an. Eigentlich wußte er, daß sich Bienzle bis zu diesem Punkt alles zusammenreimen konnte, aber nur bis hierher und nicht weiter. Und im Grunde wußte er auch, wenn er jetzt schwieg, eisern schwieg, geriet der Polizist in eine Sackgasse. Aber Pressler wollte reden, er wollte loswerden, was ihn bedrückte, frei werden wollte er. Und so redete er, obwohl er eigentlich nichts sagen wollte.

«Ich konnt ja gar nichts machen.»

Frau Pressler, die nur ahnte, was sich da anbahnte, schrie: «Jürgen, halt doch den Mund!»

Aber ihr Sohn sah sie nur an und sagte: «Mein Gott, wie oft habt ihr mir den Mund verboten!»

Bienzle setzte sich und sah den jungen Pressler erwartungsvoll an.

«Die Fäden hat Bruno gezogen – mein Schwager, Steinhilber.»

Bienzle nickte.

«Er hat sich den Kowalski genommen», fuhr Pressler fort.

Gächter sah Bienzle an und sagte: «Wenn du jetzt behauptest, du hättest das gewußt, gibt's unheimlich Zoff.»

«I hab koi Ahnung!» sagte Bienzle.

Pressler sprach weiter: «Mein Schwager hat Kowalski mit Tips versorgt, wo's was zu sehen gab – bei Kasparczek und Elke Maier zum Beispiel.»

«Aber *warum*?» rief Gächter.

«Hat dei Gehirn ausg'setzt?» fragte Bienzle.

«Weil er's dem Kowalski anhängen wollte!» rief Pressler.

«Erinnerst du dich an den ersten Abend im *Rössle*?» fragte Bienzle. «Dir hat's doch am meisten gestunken, wie sich der Steinhilber alias Fortenbacher an uns rang'schmisse hat!»

Gächter nickte langsam. «Stimmt, ja ... ‹Das war einer vom Eichenhof›, hat er damals gesagt, und dann noch ‹Tippelbrüder, Alkoholiker, Penner – lauter Asoziale –, da finden Sie den ganzen Abschaum!›»

«Sie haben ein gutes Gedächtnis, Herr Gächter», sagte Pressler.

«Des braucht er jetzt bald nimmer», gab Bienzle zurück, «jetzt gibt's nämlich Computer ... Was habet Sie denn getan, als die Elke Maier zu Ihnen kam?»

«Ich hab ...» Der junge Pressler unterbrach sich und schaute auf die Uhr. «Das ist ja der dritte Grad!»

«Sie sind zu Steinhilber gegange, oder?»

Pressler nickte.

«Und der hat dann Elke Maier genauso umgebracht wie zuvor Renate Häberlein.»

«Das sind doch alles Lügen und Hirngespinste. Es ist bald drei Uhr in der Nacht», protestierte Frau Pressler.

«Wir gehen, wenn alles ausgesprochen ist», sagte Bienzle sehr ruhig. Er hatte – ganz gegen seine Gewohnheit – keinen Tropfen getrunken. «Kowalski war schlauer als die beiden Mädchen, gell?» wandte er sich an Pressler.

«Den haben alle unterschätzt.»

«Stimmt; ich auch.» Bienzle nickte ein paarmal. «Kowalski konnte sich ja zusammenreimen, wie alles zusammenhing. Aber der war viel abgefeimter als die Renate und die Elke. Der protzte nicht mit dem, was er wußte, der erpreßte auch nicht im großen Stil. Er ließ nur so viel von seinem Wissen heraus, daß Gebhardt glaubte, er könne sich Kowalskis Schweigen kaufen. Aber als dann mein Freund Josef Kowalski eingebuchtet war, da hatte er schon ein neues Geschäft im Auge, das er mit mir machen wollte. Wenn er Gebhardt und seine Spießgesellen auf Nummer Sicher brachte – was konnte ihm das noch schaden?»

Gächter grinste und blies an der Öffnung der leeren Bierflasche, daß ein röhrender Ton erklang. «Die Welt ist schlecht, und die Menschen sind schlecht – was für ein Glück; wir wären ja sonst arbeitslos.»

«Pfui Teufel», sagte Frau Pressler.

«Du bist besoffen», stellte Bienzle fest.

«Du hast's nötig!» sagte Gächter.

«Haben Sie genau zugehört?» fragte Bienzle den jungen Pressler.

«Ganz genau.»

«Und?»

«Kein Einspruch, Euer Ehren.»

«Dann würd ich jetzt gern was trinken!»

Pressler ging ziemlich unsicher zur Hausbar. Er prüfte die Flaschen und zog eine heraus. «Das ist der Lieblingswein meines Vaters.»

«Auf dem sein' G'schmack verlaß ich mich blind», sagte Bienzle.

Als er zwei kleine Schlucke genossen hatte, lehnte er sich in dem bequemen Ledersessel, den er sich mit Bedacht ausgesucht hatte, weit zurück. «Ich tipp auf einen Eberstädter Trollinger mit Lemberger 1981.»

«Stimmt», sagte Pressler.

Bienzle wandte sich an Frau Pressler: «Kennen Sie das Spiel ‹Himmel und Hölle›?»

«Natürlich, das haben wir schon als Kinder gespielt.»

«Mhm», machte Bienzle, «der Jürgen ischt in der falschen Richtung g'hopst.»

«Ich verstehe nicht ...»

Naufwärts ich's nähmlich ziemlich schwierig», sagte Bienzle. Er trank behutsam. «Also, der Einundachtziger war koi besonderer Jahrgang», sagte er, «des schmeckt mr.»

«Trink halt Bier», sagte Gächter.

«Schuldig sind sie am Ende alle», dozierte Bienzle, ohne Gächter zu beachten. «Der alte Pressler – vor allem, weil er selber Schicksal spielen wollte. Der junge Pressler», fuhr er fort, ohne ihn anzusehen, «weil er sich für g'scheiter gehalten hat, als er ist, und weil er widerstandslos immer weiter reingeschliddert ist in die Machenschaften der anderen – auch dann noch, als Ihnen längst die Sache über den Kopf gewachsen war», wandte er sich jetzt an Jürgen Pressler. «Dem Gebhardt gings bloß ums Geld, und der Steinhilber ist genau der Mann, den die alle gebraucht haben – einer, der sich sozusagen stellvertretend gern die Finger schmutzig macht, um damit auch seine Compagnons unter seinen Willen zu zwingen. Und der Kasparczek – des ischt oiner von dene Dumme, mit dene mr sonscht d' Welt umtreibt!»

«Was für einer?» fragte Gächter.

«Oiner wie du und ich, Gächter.»

«O du liebs Herrgöttchen!»

«Laß es, bitte laß es!» Bienzle verdrehte die Augen.

Gächter stand auf und holte sich, ohne lang zu fragen, aus der Küche ein Bier. Als er zurückkam, sagte er zu Bienzle: «Einen Sack voll Indizien haben wir, aber keinen Beweis – und vor allem keinen Täter!»

Pressler hob den Kopf. «Er hat recht: Wie wollen Sie das alles beweisen, Kommissar?»

«Ist Ihnen entgangen, daß ich nichts anderes gemacht hab, als Ihr Geständnis zu formulieren?»

«Mein Geständnis? Sie? Damit kommen Sie nicht weit!»

«Weit genug. Sie werden das Satz für Satz unterschreiben.»

«Warum sollte ich?»

«Weil es vorderhand noch fraglich ist, wofür ich Sie vor den Richter bring.»

Gächter sah seinen Freund erstaunt an. «Hör mal, das ist meine Rolle!» rief er und fing an zu lachen.

Aber Bienzle lachte nicht mit. Er stand behäbig auf, ging zu Pressler hinüber, beugte sich zu ihm hinab und sagte, jede Silbe betonend: «Falschgeld, Betrug, Beihilfe zum Mord, Brandstiftung ... Eine schöne Latte. Andere brauchen für eine kriminelle Karriere dieser Größenordnung Jahre!»

Pressler schwieg. Bienzle veränderte seine Haltung um keinen Millimeter.

«Als ich Sie zum erschte Mal g'sehe hab, im *Rössle* – da waren Sie der Platzhirsch – groß und stark, laut ond arrogant. Wisset Sie no, wie Sie den Kowalski lächerlich g'macht habet? Wisset Sie no, was Sie g'schriee habet? I sag's Ihne: Sie habet g'schriee: ‹Müssen wir uns von Asozialen alles gefallen lassen?› Und schon damals habe ich 'dacht, wer da wohl der Asoziale ischt – der Kowalski oder Sie? Und ich will ganz ehrlich sein: Von alle Verdächtige wäret Sie mir lange Zeit der liebschte Täter g'wese!» Bienzle richtete sich auf und stieß den Atem aus. «So, jetzt wisset Sie's!»

Gächter grinste: «Wer schützt uns vor solchen Bullen?»

Bienzle ließ sich nicht beirren. «Sie haben die Wahl, Pressler. Ihr Geständnis ist für die ganze weitere Entwicklung des Falles von entscheidender Bedeutung. Und täuschen Sie sich ja nicht: Was die Richter am Ende glauben, hängt auch davon ab, was und wie unsereiner aussagt.»

Pressler schüttelte den Kopf, als ob er lästige Gedanken abwerfen müßte. «Das ist ja Erpressung!»

«Erpressung?» sagte Bienzle. «Richtig, das könnten wir bei Ihnen auch noch unterbringen.»

Gächter drehte sich eine Zigarette. Er sagte langsam: «Wenn der Bienzle einmal einen auf dem Kieker hat ...»

Frau Pressler ging zur Bar und schenkte sich einen Schnaps ein.

Jürgen Pressler hob die Hände. «Okay – machen Sie ein Protokoll!»

«Der Gächter macht das», sagte Bienzle kalt. «Der hat Sie nicht so auf dem Kieker!»

Frau Pressler trank ihren Schnaps in einem Zug aus.

Als sich Gächter und Jürgen Pressler in einen Büroraum zurückzogen, um das Geständnis des jungen Sägewerksbesitzers in die Maschine zu schreiben, ließ sich Bienzle von seinem Kollegen die Wagenschlüssel geben, um nach Großvorderbach zu fahren.

22

Die Uhr am Armaturenbrett zeigte vier Uhr zwanzig, als Bienzle den Wagen vor dem kleinen Häuschen stoppte, in dem Frau Neuner mit ihrer Tochter Ursula wohnte. Sorgfältig schloß er die Autotür ab und schritt auf das Haus zu. Vor den Stufen zur Haustür verharrte er einen Moment und ging dann an der Front entlang bis zu einem schmalen Durchlaß. Er warf einen Blick zu den Fenstern hinauf und verzog sich zwischen den Häusern nach hinten.

Er erreichte den Hof. Ein windschiefer Schuppen saß zwischen der Rückfront des Hauses und einer steil abfallenden Böschung. Das wacklige Holztor war mit einem Vorhängeschloß gesichert. Bienzle strich ein Streichholz an und leuchtete die Erde ab. Auf dem weichen Grasboden waren deutliche Spuren von Autoreifen zu erkennen. Als das Streichholz erloschen war, mußten sich seine Augen erst wieder an die Dunkelheit gewöhnen. Er untersuchte das Vorhängeschloß und rüttelte leise an dem Holztor. In der Nähe schlug ein Hund an. Das Tor ließ sich nicht öffnen. Bienzle war müde und hellwach zugleich. Er ging bis zum Rand der Böschung und setzte sich, wobei er die Absätze seiner Schuhe tief ins weiche Erdreich drückte.

Er kannte seine besondere Begabung, sein Gefühl für Zeit auszuschalten. Warten war für ihn nichts Unangenehmes. Schon früher war er manchmal mitten in der Nacht hinausgefahren – auf die Schwäbische Alb zum Beispiel –, um auf die Dämmerung und den Sonnenaufgang zu warten.

Der Tag kam langsam. Der Himmel war grau bezogen. Ein sanfter Hochnebel verwandelte die Sonnenstrahlen in eine diffuse Helligkeit. Bienzle wußte nicht, ob er geschlafen hatte.

Hinter den Bauernhäusern krähten ein paar Hähne. Auf der anderen Seite belebte sich die Straße. Autos wurden gestartet. Hastige Schritte ließen vermuten, daß die Frühaufsteher zur Arbeit unterwegs waren.

Bienzle erhob sich und ging zu dem Schuppen. Durch eine Ritze erkannte er die Umrisse eines Autos. Er zog ein kleines Notizbuch aus der Tasche und blätterte darin, bis er die Eintragung *Autonummer Steinhilber / Fortenbacher: S–HB–30* fand. Er klappte das Büchlein zu und schaute erneut durch die Bretterritze, aber die Autonummer konnte er nicht erkennen.

Es verging noch eine gute Stunde, ehe sich im Haus etwas regte. Ein Rolladen wurde hochgezogen. Bienzle retirierte in den schmalen Durchlaß zwischen Hof und Fahrstraße. Als nach einer weiteren halben Stunde die Haustür ging, lugte er vorsichtig um die Ecke. Frau Neuner ging die Straße hinunter und blieb an der Autobushaltestelle stehen. Sie unterhielt sich mit keinem der anderen Wartenden. Bienzle wartete, bis der Bus angehalten und die Fahrgäste aufgenommen hatte. Dann ging er auf die Haustür zu. Der Bus fuhr an ihm vorbei. Einen kurzen Augenblick lang nahm er das Gesicht von Frau Neuner wahr. Sie hatte die Augen entsetzt aufgerissen. Bienzle hob resignierend und entschuldigend zugleich die Schultern, aber sicher hatte Frau Neuner die Geste nicht gesehen. Vorsichtig drückte er die Klinke der Haustür nieder. Die Tür schwang nach innen auf. Bienzle mußte lächeln. In der Stadt gab es das schon lange nicht mehr, daß man ein Haus so einfach betreten konnte; auf dem Land aber war das noch immer gang und gäbe.

Im Haus waren Stimmen. Eine Frau und ein Mann stritten sich. Bienzle horchte nicht darauf, was sie sagten. Er ging langsam – eher aus Müdigkeit als aus Vorsicht. Er stieß die Tür zur Küche auf. Steinhilber und Ursula Neuner saßen beim Frühstück – sie in einem dünnen Nachthemd, er in Unterhemd und Hose.

Bienzle wünschte einen guten Morgen und wußte im gleichen Augenblick, daß es wie Hohn klingen mußte. Dann nahm er Steinhilber fest. Steinhilber leistete keinen Widerstand.

Er konnte ja nicht wissen, daß der Hauptkommissar Ernst Bienzle – wie meistens – unbewaffnet war.

Felix Huby

Ernst Bienzle, 37 Jahre alt, 1,88 Meter groß, mit Brille und Phlegma und Bauchansatz, mit einer Schwäche für Sauerbraten mit Spätzle und Soße, Kriminalkommissar und Leiter der Stuttgarter Mordkommission, verheiratet, ein Häuschen am Stadtrand...
Mit dieser Figur des schwäbischen Gemütsmenschen ist **Felix Huby**, ehemaliger Spiegel–Korrespondent, mittlerweile erfolgreicher Drehbuchautor, einer der bekanntesten deutschen Kriminalautoren geworden.

Bienzle stochert im Nebel
(thriller 2638)
Oberflächlich betrachtet tut Hauptkommissar Bienzle nichts: Er fragt ein bißchen, er redet ein bißchen und hört zu ...

Bienzle und die schöne Lau
(thriller 2705)
Einen Mörder, der sich beim Mordanschlag selbst ermordet, hat es in Bienzles Laufbahn noch nicht gegeben...

Bienzles Mann im Untergrund
(thriller 2768)

Bienzle und das Narrenspiel
(thriller 2872)
Männer Frauen und Kinder in den buntesten Kostümen tanzen durch die Straßen – und ein ausgebrochener Sträfling, der Rache nehmen will...

Bienzle und der Sündenbock
Kriminalstories
(thriller 2958)

Gute Nacht, Bienzle
(thriller 3066)

3011/2

rororo thriller

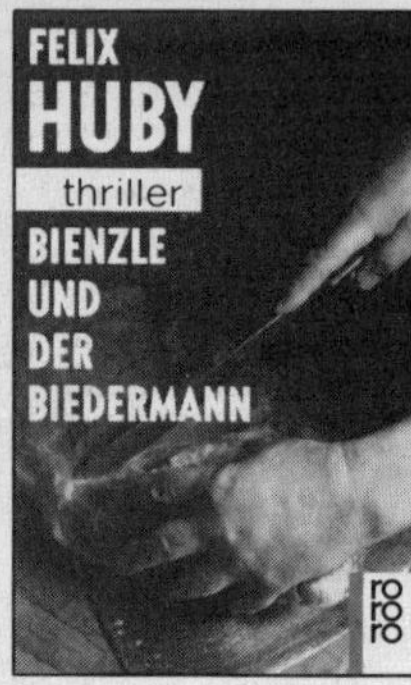

Bienzle und der Biedermann
(thriller 3077)
Fleisch, dessen Verfallsdatum kurz bevorsteht, wird in die Ostländer transportiert. Man macht Profit und kassiert Subventionen... Kein leichter Fall für Bienzle.

Ach wie gut, daß niemand weiß...
(thriller 2446)

Der Atomkrieg in Weihersbronn
(thriller 2411)

Sein letzter Wille
(thriller 2499)
Optiker Kissling kämpft gegen die Baumafia in seiner Kleinstadt – bis er eines Morgens mit einem Genickschuß tot gefunden wird...

Schade, daß er tot ist
(thriller 2584)
«... der beste Huby, der bisher erschienen ist.»
FAZ-Magazin

Tod im Tauerntunnel
(thriller 2422)

Harry Kemelman

Harry Kemelmans Held ist Rabbi in einer amerikanischen Kleinstadt: unsportlich, ziemlich kurzsichtig und ein wenig linkisch – aber im Denken am Talmud geschult. Mit kluger Beharrlichkeit, sanfter Skepsis und Unbefangenheit löst David Small seine Fälle. «Man muß diesen Rabbi einfach lieben.» *taz*

Am Montag flog der Rabbi ab
(thriller 2304)

Am Dienstag sah der Rabbi rot
(thriller 2346)

Am Mittwoch wird der Rabbi naß
(thriller 2430)

Der Rabbi schoß am Donnerstag
(thriller 2500)
«Immer wieder gibt es wahre Kabinettsückchen an bissiger Entlarvung kleiner Neidereien unter den ehrgeizig–beschränkten Synagogen–Mitgliedern.»
Süddeutscher Rundfunk

Am Freitag schlief der Rabbi lang
(thriller 2090)
Für dieses Buch erhielt Harry Kemelman den Edgar Allan Poe–Preis.

Am Samstag aß der Rabbi nichts
(thriller 2125)
Als ersten Kriminalroman überhaupt kürte die Darmstädter Jury im Februar 1968 diesen Thriller zum «Buch des Monats».

Am Sonntag blieb der Rabbi weg
(thriller 2291)

Eines Tages geht der Rabbi
(thriller 2720)

rororo thriller

Ein Kreuz für den Rabbi
(thriller 2860)

Quiz mit Kemelman
Kriminalstories
(thriller 2172)

rororo thriller wird herausgegen von Bernd Jost. Ein Gesamtverzeichnis der Reihe finden Sie in der *Rowohlt Revue*. Jedes Vierteljahr neu. Kostenlos in Ihrer Buchhandlung.

3012/2

Serientäter

Robert Brack
Die siebte Hölle
(thriller 2941)
Oldtimer bringen's besser als Bücher, meint der bankrotte Buchhändler Jercy Pacula, und überführt zwei Limousinen nach Lissabon...
Schwere Kaliber
(thriller 2967)
Psychofieber
(thriller 3058)

Frank Göhre
Schnelles Geld
(thriller 3048)
Der erste, seit Jahren vergriffene Kriminalroman von Frank Göhre, der mit mehreren Literaturpreisen ausgezeichnet wurde und als Kinofilm Beachtung fand. Neu bearbeitet und wesentlich erweitert.
Der Tod des Samurai
(thriller 2832)
Ein Thriller über organisiertes Verbrechen in Hamburg.
Der Tanz des Skorpions
(thriller 3025)
Letzte Station vor Einbruch der Dunkelheit
(thriller 2795)
Der Schrei des Schmetterlings
(thriller 2759)

Daniel Pennac
Wenn nette alte Damen schießen...
In Belleville, dem Kreuzberg von Paris, schneidet ein erbarmungsloser Killer armseligen Rentnern die Kehlen durch. Angst macht sich breit, gefolgt von einer kräftigen Paranoia. Ausgezeichnet mit dem «Prix Mystère de la critique».
(thriller 2921)
Königin Zabos Sündenbock
(thriller 3003)

rororo thriller

30 Jahre thriller Jubiläums-Lesebuch
(thriller 3030)
Dieser Jubiläumsband präsentiert einen opulenten Querschnitt durch die Geschichte der rororo thriller- Reihe und bietet literarischen Nervenkitzel pur. Die Palette internationaler Autoren gleicht einem Who is Who der Kriminalliteratur.

Pacio Ignacio Taibo II
Der melancholische Detektiv *Drei Fälle für Héctor Belascoarán Shayne*
(thriller 3039)
Der Boxer Angel, Freund von Detektiv Héctor Belascoarán, wird beim Training im Ring von einem Unbekannten erschossen. Mögliches Motiv: eine alte Rivalität um eine Frau... Taibo liefert nicht nur ungewöhnliche Stories, sondern ein dichtes Bild von Mexiko, seiner Atmosphäre, seinen Problemen und seiner Faszination.
Das bizarre Leben
(thriller 2940)
Comeback für einen Toten
(thriller 3019)

Serientäter

Larry Beinhart
Priester waschen weißer
(thriller 3043)
Tony Cassella schlüpft in die Rolle eines irischen Priesters um den Tod von Wendy Tavetian und einem Japaner aufzuklären.
Zahltag für Cassella
(thriller 2932)
Bei Privat Eye Tony Cassella steht eine Steuerprüfung an. Genau in dem Augenblick, als er genügend Beweismaterial gegen den Justizminister persönlich zusammen hat...

K. C. Constantine
Ein unbeschriebenes Blatt
Ein Fall für Mario Balzic
(thriller 2776)
«Constantine ist ein wunderbarer Autor. Lang lebe Polizeichef Balzic!»
New York Times
Blues für Mario Balzic
(thriller 3002)
Schwere Zeiten für Mario Balzic: ein Mord geschieht, seine Mutter wurde mit einem Schlaganfall ins Krankenhaus eingeliefert und seine Frau hat wenig Verständnis für sein Pflichtbewußtsein.

William Krasner
Opfer einer Razzia
(thriller 3001)
Organisiertes Verbrechen + illegales Glücksspiel = Unmoral & Prostitution - Charley Hagen, Partner von Detective Captain Sam Brige, zieht wieder einmal voreilige Schlüsse.
Die letzte Tat des Mr. Goodman
(thriller 2937)

Jean-Bernard Pouy
Sprengsatz aus der Vergangenheit
(thriller 3021)
Der Schlüssel zur Affäre
(thriller 2977)

3024/4b

rororo thriller

Schwarze Beute
Stories von berühmten Autoren und neuen Talenten finden sich in den thriller-Magazinen und immer wieder – Shock, Thrill and Fun.
thriller–Magazin 5
Herausgegeben von Norbert Klugmann und Peter Mathews
(thriller 2969)
thriller–Magazin 6
Herausgegeben von Janwillem van de Wetering
(thriller 3000)
thriller-Magazin 8
Herausgegeben von Maj Sjöwall
(thriller 3093)

Die Reihe *rororo thriller* wird herausgegeben von Bernd Jost. Ein Gesamtverzeichnis aller lieferbaren Titel finden Sie in der *Rowohlt Revue*. Jedes Vierteljahr neu. Kostenlos in Ihrer Buchhandlung.

Colin Dexter

«Es gibt nur wenige Autoren, die überzeugend Humor, Spannung und Phantasie und ein wenig Grausen miteinander verbinden können Colling Dexter beherrscht das vorzüglich.»
Hamburger Abendblatt

Mord am Oxford-Kanal
(thriller 2960)
Ausgezeichnet mit dem «Golden Dagger» der Englisch Crime Writers' Association.

Hüte dich vor Maskeraden
(thriller 2805)
«Ein intelligenter Krimi zum Mit-Denken. So etwas ist selten.»
Frankfurter Rundschau

Das Rätsel der dritten Meile
(thriller 2806)
Der Rektor des College lädt eines Tages Chief Inspector Morse zum Essen ein, um ihm nebenbei zu erzählen, daß einer seiner pedantischsten Professoren seit einigen Tagen völlig ohne jede Ankündigung verschwunden ist. Zwar sei inzwischen eine Nachricht eingetroffen, aber die könne unmöglich von Browne-Smith stammen, denn der würde lieber sterben, als eine Notiz mit einem Rechtsschreibefehler aus der Hand zu geben. Kurz darauf wird eine Leiche aus dem Kanal geborgen, der Kopf, Hände und Beine fehlen ...
«... brillant, komisch, bizarr und glänzend geschrieben.»
Südwestpresse

rororo thriller

Tod für Don Juan
(thriller 3041)
Kaum sind die amerikanischen Touristen in Oxford eingetroffen, da wird Chief Inspector Morse zu einer Toten gerufen. Die Touristin ist offensichtlich an Herzversagen gestorben, als sie den Diebstahl einer wertvollen, antiken Brosche entdeckte. Klarer Fall, meint Sergeant Lewis. Ein plötzlicher Tod ist immer mysteriös, sagt Morse. Erst recht, wenn kurz darauf noch ein Toter gefunden wird.

rororo thriller wird herausgegeben von Bernd Jost. Ein Gesamtverzeichnis der Reihe finden Sie in der *Rowohlt Revue*. Jedes Vierteljahr neu. Kostenlos in Ihrer Buchhandlung.

3005/3

–ky

«Die besten Krimis von **–ky** schildern unsere Gegenwart mit Scharfsinn, Witz und Hintergründigkeit.»
FAZ

Eine Auswahl der thriller von –ky, alias Horst Bosetzy:

Da hilft nur noch Beten
(thriller 2883)

Es reicht doch, wenn nur einer stirbt
(thriller 2344)

Feuer für den Großen Drachen
(thriller 2672)
Kreuzberger Nächte: Liebe, Ku-Klux-Klan und Graue Wölfe...

Friedrich der Große rettet Oberkommissar Mannhardt
(thriller 2725)

Catzoa--Stories um einen kriminellen Kriminalbeamten
(thriller 2919)
Die unaufhaltsame Karriere eines Mannes, der Ordnung schaffen will.

Ich wollte, es wäre Nacht
(thriller 2951)

Kein Reihenhaus für Robin Hood
(thriller 2575)
Für das Kino erfolgreich verfilmt.

Zu einem Mord gehören zwei
(thriller 2770)

Ein Deal zuviel
(thriller 3065)

Ich lege Rosen auf mein Grab
(thriller 2841)

rororo thriller

Mitunter mörderisch
Kriminalstories
(thriller 2382)

Einer von uns beiden
(thriller 2244)

Ein Toter führt Regie
(thriller 2312)
Ein Selbstmörder rächt sich an den Lebenden, die ihn gequält haben...

Einer will's gewesen sein
(thriller 2441)

Nieswand kennt Tag und Stunde
(thriller 2979)

Von Beileidsbesuchen bitten wir abzusehen
(thriller 2250)

Ein Gesamtverzeichnis der Reihe *rororo thriller* finden Sie in der *Rowohlt Revue*. Jedes Vierteljahr neu. Kostenlos in Ihrer Buchhandlung.

3014/2